STRANGE CASE OF DR. JEKYLL AND MR. HYDE

人，那麼我也是頭號的受難者——你必須讓我獨自走完我自己的黑暗之路。

王聖棻、魏婉琪 譯

by Robert Lewis Stevenson

:: 目錄 ::

第一章　門的故事

律師歐特森先生有張稜角分明的臉，這張臉從來沒有過一絲笑容——冷漠、寡言、在交談的時候略顯尷尬；流露情緒時會難爲情；整個人瘦瘦長長、枯燥沉悶，卻不知道爲什麼有種可愛的感覺。在聚會氣氛融洽，又喝到合口味的葡萄酒時，他的眼裡會閃現出某種特別人性化的光芒；這在他平日說話中是絕對不會出現的，但它不僅會在飯後臉上無聲的標記中浮現，更經常在生活的一舉一動中表露無遺。

他自律甚嚴——一個人的時候只喝琴酒，以克制自己對陳年佳釀的喜愛；他喜歡看戲，卻已經二十年沒進過劇院大門。但他對別人有種公認的寬容；有時候，他對於其他人竟能承受自身行爲不端所帶來的沉重精神壓力，感到不解，甚至幾乎到了一種欣羡的地步。不管在多麼極端的情況下，他都傾向於幫助，而非譴責他人。「即使像該隱[1]這般邪惡，我也會站在他那一邊，」他曾態度古怪地說過，「我會讓我的兄弟用他自己的方式去見魔鬼。」出於這樣的個性，對墮落的人來說，他經常成爲最後一個可靠的熟人，也是最後一個能對那人生命帶來良好影響的人——當那樣的人來到他的辦公室時，他總是面不改色，言行舉止從來都看不出絲毫變化。

不用說，這件困難的事對歐特森先生來說簡直是易如反掌；畢竟他即

1 該隱（Cain）：聖經人物，是亞當與夏娃的長子，亞伯和塞特的哥哥。上帝接受了亞伯的祭品，卻沒有接受做哥哥的該隱的祭品。該隱因嫉妒而發怒，殺了亞伯，是為世界上第一件命案。亞伯則是世界上第一個死去的人。

便在最開心的時候也毫不張揚，甚至連友誼也是建立在類似的寬容天性之上。唯有樸實之人才能接受自己的交友圈全憑機會促成，毫不強求，而這也正是這位律師結識朋友的方式。他的朋友，若非和他有血緣關係，要不然就是與他相識了很久——他對人的感情有如常春藤，是隨時間增長的，與對象合不合適無關。

所以，將他和鎮上知名人士理查．恩菲爾德先生聯繫起來的紐帶，必然是因爲這位先生是他的遠房親戚了。這兩個人究竟能在對方身上看見什麼，或者能在彼此身上找到什麼共通點，對許多人來說都是很難回答的問題。根據那些在星期天散步時遇到他們的人說，這兩個人一言不發，看起來氣氛異常沉悶，而且在有朋友出現時還會明顯鬆口氣。但即使如此，這兩個人還是非常重視這段散步時間，把它當成每星期最值得珍惜的事，不僅爲此放棄娛樂的機會，甚至拒絕工作的請求，好讓他們在享受出遊時光時不受打擾。

某一次散步時，他們偶然走到一條位於倫敦某段繁華街區的小路。這條路很小，也稱得上安靜，但在工作日時，這條小路可是帶動商業繁榮的重要街道。此地居民的生意似乎都做得很不錯，還熱切地希望能更好，於是他們把多賺的盈餘都用在店面上；因此，整條街的商店門面都充滿了歡迎光臨的氣氛，就像一列列甜笑的女售貨員。就算是星期天，街上來往行人相對稀少，掩蓋了它平日的華麗魅力時，這條街和整個昏暗的街區依然形成鮮明的對比，彷彿森林中的一把火；新漆的門板，擦得鋥亮的銅飾，整體的清潔和歡樂的氣氛，立刻吸引住過往行人的目光，讓人心曠神怡。

從某個街角往東走兩扇門，左手邊這條直線被一個院落的入口破壞了；就在這個位置，有棟邪惡的建築把山牆往前推，凸出街上。這座建築有兩層樓，沒有窗戶，一樓只有一扇門，二樓只有一堵褪了色的牆，上半被窗簾遮著；到處都是年長日久和疏於照料的骯髒痕跡。門上沒有門鈴也沒有叩門環，木皮都已經翹起來了，破敗不堪。流浪漢無精打采地走進隱密處，在鑲板上劃火柴；孩子們在臺階上找尋可以撿的東西；男學生在裝飾板條上試刀子；在將近一代人的歲月裡，似乎完全沒有人驅趕這些亂七八糟的訪客，也沒有人來修復他們造成的破壞。

恩菲爾德先生和律師本來走在街道的另一邊，但當他們並肩走到院落入口時，恩菲爾德先生舉起手杖指了指。

「你注意過那扇門嗎？」他問，他的同伴給了肯定的回答，然後他說：「在我印象中，這扇門，和一個非常奇怪的故事有關。」

「是嘛，」歐特森先生聲音有些變了，「什麼樣的故事呢？」

「嗯，事情是這樣的，」恩菲爾德先生說：「有一次，我從一個很遠很遠的地方要回家，那時大約是凌晨三點，大冬天的，一片漆黑，我走的那條路穿過鎮上某處，那裡除了街燈之外簡直什麼都看不見。我走過一條街又一條街，所有的人都在睡覺——一條街又一條街，街燈都亮著，好像準備列隊遊行，卻又像教堂一樣空蕩蕩的。最後，我全心全意地只顧豎起耳朵，仔細聽著周邊的聲音，開始渴望見到人，就算是個警察也好。突然間，我看見了兩個人影——一個是個矮個子男人，正腳步閒散地朝東邊走；另一個是個約莫八或十歲的女孩，她拚命地跑向十字路口。

「嗯，先生，這兩個人在轉角處自然就撞在一起了，接著，可怕的事情發生了；那個男人冷靜地踩過那孩子的身體，讓她在地上尖叫。聽起來沒什麼，但你要是親眼看見，簡直就是地獄似的場景。那傢伙根本不是人了，完全是頭怪獸。我驚呼一聲，趕緊奔上前去，揪住那人的領圈，把他拖回孩子尖叫的地方，那裡當時已經圍了不少人。他很冷靜，完全沒有反抗，只是看了我一眼，那張臉之醜惡，讓我渾身冒汗。跑出來的那群人都是女孩的家人；醫生也很快就來了，女孩原本就是去請醫生的。醫生說，孩子的情況還好，驚嚇的成分多一點；你可能以爲事情就這樣結束了。

「但奇怪的情況出現了。我抓回來的那個人，我看到他的第一眼就覺得厭惡。孩子的家人也是，這很自然。但醫生的反應卻讓我很吃驚——他是個看起來很普通的藥師[2]，年齡、膚色都很尋常，操著一口濃重的愛丁堡口音，性格跟風笛一樣容易擾動起來。嗯，先生，他跟我們其他人一樣，每次看著我抓到的犯人，我都會看見他那因恨不得殺了人犯而氣得發白的臉。我清楚他在想什麼，他也知道我在想什麼——既然我們不可能殺掉這個人，只好退而求其次。我們告訴那個人，我們能，也絕對會讓所有人知道他幹的壞事，讓他的名聲從倫敦這頭臭到另一頭。如果他還有朋友或信用，保證會丟得一點不剩。

「我們在這段時間，一直得一邊勸，一邊擋著女人們別往犯人撲過去，她們簡直跟鷹身女妖[3]一樣瘋狂，我從來沒見過這樣一整圈帶著強烈恨意的面孔；而在眾人之中的那個人，臉上淨是黑暗的冷笑（我看得出來，他其實也很害怕），他卻顯出了那樣的表情；先生，眞的很像撒旦。他說：『如果你們打算從這件事裡撈點好處，我自然是無能爲力。每個紳士都不希望出現這種場面。開個價吧。』那好，我們爲那孩子的家庭開出

2醫生、藥師：在這兩個段落中出現了醫生（sawbones，doctor）、藥師（apothecary），作者指涉的其實是同一位，而且事實上此人是一位藥師，在作者的故事背景裡，他甚至或許是一位製藥商兼藥師；至於「醫生」的稱呼，則不無人們對藥師這個職業的敬重意味。

3鷹身女妖（Harpy）：：也直譯為哈比、哈耳皮埃等。是希臘神話中的女妖，長著女人的頭，有長長的頭髮，身體如禿鷲，有鳥的雙翅和青銅鳥爪。在古時的一些文學作品中被設定為醜陋的怪物，後延伸指涉成凶蠻的潑婦。

了一百英鎊的價碼，讓他一臉不安；他顯然還想死撐，但我們這群人裡頭有些人很有鬧事的能耐，最後他屈服了。接下來就是去拿錢；你猜他把我們帶到哪裡了？就是那扇門所在的地方——他拿出一把鑰匙，走了進去，不一會兒就回來了，還帶著十英鎊金幣和一張顧資銀行[4]的支票，寫著其餘的金額，上頭簽著持票人的名字，那名字我不能說，雖然這是我故事的一個重點，但至少我可以說，那名字非常有名，經常上報。支票上的金額已經夠嗆了，但如果票上的簽名是真的，那意義可遠遠超過了票面金額。

「在這裡，我要冒昧地對先生您說一聲，整件事情到現在看起來都很不真實；在現實生活中，一個人不會在凌晨四點走進某個地窖大門，拿著屬於另一個人的近百鎊支票走出來。但他顯然一派輕鬆，依然不住地冷笑。『放心吧，』他說：『我會陪著你們，直到銀行開門，親自兌現支票。』於是我們一群人，包括醫生、孩子的父親、我們的朋友和我自己，到我的住處待到天亮；隔天早飯之後，我們走進了銀行。我親手把支票交出去，還說了句：『我完全有理由相信這張支票是僞造的。』結果完全不是這麼回事。這張支票確實是眞的。」

「嘖嘖！」歐特森先生說。

「看來你跟我有一樣的感覺。」恩菲爾德先生說，「確實，這故事很糟。因爲我抓的傢伙沒人對付得了，是個眞正的惡人；而開支票的卻是個非常有禮貌也有名氣的人，更糟的是，他還是你們這些所謂好人當中的一員。我想，這一定是敲詐；有個誠實的人正在爲他年輕時的某些行爲付出代價，正因爲如此，我說的那扇門所在的地方就成了敲詐的地點。但你知

4 顧資銀行（Coutts & Co.）：英國倫敦的一家私人銀行。成立於一六九二年，是世界第八所銀行。

道，即使如此，也遠不足以解釋整件事。」說完這句話，他就陷入了沉思。

歐特森先生突然開口問了一句，把他拉回現實：「你也不知道開支票的那人住不住在那裡啊？」

「至少那是個可能的地點，不是嗎？」恩菲爾德先生回答，「但是我碰巧注意了一下地址；他住在一個叫某某廣場什麼的地方。」

「那你有沒有問過，那扇門所在的位置是個什麼地方？」歐特森先生說。

「沒有，先生，這我不好問，」他答道，「我覺得問東問西有點過分；跟上法庭沒什麼兩樣。你提出一個問題，就像從一塊石頭開始。你靜靜地坐在山頂上，石頭往下滾，又撞到新的石頭；沒過多久，人群中某個最溫和世故的先生（你最後才會想到的那種人），就在自家後院裡被砸破了頭，一整個家庭不得不改宗換姓。不，先生，我把這當成我的個人準則：看上去越有難處的人，我就越不問。」

「倒也是條好原則。」律師說。

「但是我自己研究過這個地方，」恩菲爾德先生繼續說，「它看起來簡直不像住家。沒有別的門，僅有的這扇門也沒人進出，只有我這回冒險抓到的那位先生偶爾會進去，但也眞是相當偶爾。一樓有三扇窗戶可以看見整個院落，再往下就沒有窗戶了；那三扇窗總是關著，但是很乾淨。還有一根煙囪，通常都在冒煙，所以一定有人住在那裡。但這一點又不是那麼確定；因爲那院落附近的建築太密集了，很難說那些地方究竟屬於哪一家。」

兩人默默地又走了一會兒，然後——

「恩菲爾德，」歐特森先生說，「你那原則確實好。」

「是啊，我也這麼覺得。」恩菲爾德回答。

「但不管怎樣，」律師繼續說，「我還是想問一件事——我想知道，那個從孩子身上踩過去的男人叫什麼名字。」

「嗯，」恩菲爾德先生說，「我看不出這會引發什麼問題。那個人叫做海德。」

「唔，」歐特森先生說，「他是個什麼樣的人呢？」

「不好說。他的外表不太對勁；有種讓人不愉快、令人極度厭惡的東西存在。我從沒見過一個會讓我這麼不喜歡，卻不知道爲什麼的人。他一定有哪裡是畸形的；他給人一種強烈的畸形感，儘管我沒辦法具體說出是哪裡畸形。他的長相相當出眾，我卻說不出有什麼特別之處。是的，先生；我做不到；我沒辦法描述他。並不是我記不得，我得聲明，他的臉此刻就彷彿在我眼前。」

歐特森先生又靜靜地走了一段路，顯然在深思什麼。「你確定他用的是鑰匙？」最後他問。

「親愛的先生……」恩菲爾德掩不住驚訝地說。

「是的，我知道了，」歐特森說，「我知道看起來一定很奇怪。事實上是，如果我完全不問你對方的名字，是因爲我已經知道了。看吧，理查，你的故事碰上內行人了。如果你有什麼地方說得不夠精確，最好先修正一下。」

「我想，也許你這話是在警告我，」恩菲爾德回答，口氣裡帶著一絲惱怒。「但我說的內容始終都是精確的，就像你說的那樣。那傢伙有鑰匙，而且，鑰匙一直在他手上。我親眼看見他用的，就在不到一個星期前。」

歐特森先生深深地嘆了一口氣，但一句話也沒說。年輕人很快又繼續說下去。「這是另一個教訓，就是——什麼也別說，」他說。「我爲我的多嘴感到羞愧。我們打個商量吧，以後就別提這件事了。」

「我眞心同意，」律師說，「我們就握握手，一言爲定吧，理查。」

第二章 尋找海德先生

那天傍晚，歐特森先生陰鬱地回到了他獨居的房子裡，興致缺缺地坐著吃完了晚餐。按照星期天的慣例，這頓飯吃完之後，他會在壁爐邊坐下，書桌上放著一本枯燥的神學書，直到附近教堂的鐘敲響十二下，他才會清醒而充滿感激地上床睡覺。然而這天晚上，餐巾一拿下來，他就拿起蠟燭，走進了辦公室。他打開保險箱，從裡頭最隱密的地方拿出一份文件，信封上寫著「傑基爾博士遺囑」，然後他皺著眉頭坐下，仔細研究文件內容。

這份遺囑是當事人親筆寫下的；歐特森先生雖然目前承辦這份遺囑，

卻拒絕在制訂遺囑時提供任何協助；遺囑中規定，要是身兼醫學博士、民法學博士、法學博士和皇家學會院士於一身的亨利・傑基爾先生去世，他的所有財產將轉移到他的「朋友兼恩人愛德華・海德」名下；但要是傑基爾博士「失蹤或無故消失超過三個月」，前面提到的這位愛德華・海德便應立即接替亨利・傑基爾的位置，並除了爲博士的家庭成員支付一些小額款項之外，不再承擔任何責任或義務。

這份文件長期以來一直是這位律師看不慣的東西。不管是對一個律師，或者對一個熱愛合理與合乎生活慣例這一面的人來說，它都冒犯了他。對他而言，空想是不正派的事。在這之前，讓他生氣的是，他根本不知道這個海德先生是何許人也；而現在，情況突然一變，他火大的是，他已經知道海德先生是什麼樣的人了。這個名字在仍是一個他毫無所知的名字時，事情已經夠糟了，而當這個名字開始有了可憎的特質，情況就更糟糕了；長久以來，那團變化無常、阻礙著他視線的迷霧，突然跳出了一個明確的惡魔形象。

「我原本認爲這是件瘋狂的事，」他把那份令人厭惡的文件放回保險櫃，一邊說道，「現在我開始擔心這是一樁醜聞了。」

說完這句話，他便吹熄蠟燭，穿上大衣，朝卡文迪許廣場的方向走去。那裡是個醫學的堡壘，他的朋友，偉大的蘭尼恩醫生在那裡有房子，就在那兒接待川流不息的病人。「要說有誰知道內幕，必定非蘭尼恩莫屬了。」他想。

莊重的管家是認識他的，把他迎了進去；他完全無須等待，直接從門口被帶到了餐廳，蘭尼恩醫生獨自坐在那裡喝著葡萄酒。他是一位精神飽滿、身體健康、衣冠楚楚、臉色紅潤的紳士，留著一頭過早變白的亂髮，舉止豪爽果斷。一見到歐特森先生，他立刻起身，伸出雙手歡迎他。這種親切的舉動，正如這個人的行事作風，乍看有一點戲劇化，卻是建立在眞誠的感情之上。因爲這兩個人是老朋友，在中學和大學都是老搭檔，不但自尊自重，也很尊重對方，不僅如此，他們也非常喜歡有彼此在身邊的時光。律師隨便說了幾句話，隨即提起了那個一直壓在他心裡、令他心煩的話題。

「蘭尼恩，」他說，「我想，我們倆應該是亨利・傑基爾最老的朋友了吧？」

「我希望這兩個朋友能更年輕一點，」蘭尼恩醫生笑著說，「但我想我們確實是最老的兩個了。那又怎麼樣？我現在很少見到他。」

「確實！」歐特森說，「我還以爲你們有共同的興趣呢。」

「我們是有，」他答道，「但這十多年來，我覺得亨利・傑基爾已經空想過頭了。他開始走偏了，我說的是他的思想；當然，正如他們所說，看在過去的交情上，我還是會繼續關注他，可不管是過去或是現在，我見到他的次數都少之又少。他那種毫不科學的胡言亂語，」醫生接著說，臉色突然氣得發紫，「就算是生死之交也會疏遠他的。」

這微微的發火讓歐特森先生莫名地鬆了一口氣。「他們只是在某些科學觀點上有所分歧而已。」他想著。身為一個對科學沒有熱情的人（只對房產交易問題有），他還火上加油地添了一句：「這點確實糟透了！」他給了朋友幾秒鐘時間恢復平靜，然後又回到自己原先提出的問題。

「他有個徒弟你見過嗎？叫做海德。」他問道。

「海德？」蘭尼恩重複了一次，「沒有。從來沒聽過這人。從我們那時到現在都沒聽過。」

律師帶回來的訊息分量僅止於此。他在黑暗的大床上輾轉反側，直到天色慢慢變亮。這晚對他勞累的腦子來說實在不輕鬆——在不見光的黑暗中，被各式各樣的問題包圍得密不通風。

歐特森先生家附近就有一所教堂，非常方便，鐘敲了六下時，他還在苦思一個問題。在此之前，這個問題只觸及了智力層面，但現在連他的想像力也牽扯進來，或者說是被征服了；當他躺在深夜的黑暗中，在拉起窗簾的房間裡翻來覆去的時候，恩菲爾德先生的故事就在他腦海裡跑馬燈似的一幕幕閃過。

他先是意識到城市中夜裡的燈火輝煌；然後有一個疾行的男子身影；然後有一個從醫生家跑出來的孩子；然後這兩個人碰上了，那個人形野獸不顧孩子尖叫，踩過了她，繼續前進。或者，他看見一個富裕人家的房間，他的朋友躺在那裡酣睡、作著好夢，在夢裡微笑；然後房間的門被人打開，床帳被掀開，睡著的人也被叫醒，看！他身邊站著在這個家裡掌握實權的人，即使在那樣一個死寂的時刻，他也必須起身，聽從命令。

這兩個場景中的人物整夜糾纏著律師；要是他不小心打了瞌睡，不管在什麼時候，只會看見跑馬燈更隱密地滑過那個沉睡的房間，或者更迅速地移動，甚至迅速到令人頭暈，在燈火輝煌的城市中穿過更大的迷宮，在每個街角都踩過一個孩子，將她尖叫的聲音拋在身後。然而，這個身影依然沒有臉，沒有一點他也許認識的可能性；甚至在他夢裡，這人也沒有臉，就算有，也是一張令他困惑、還會在他眼前化掉的臉；於是，律師的腦海裡迅速湧出一種異常強烈、幾乎過度的好奇，想看看眞正的海德先生長什麼樣子。

如果他能親眼看見，他想，這個謎團就會散開，說不定還會就此完全消失，畢竟，神祕事物被仔細探查後的慣例都是這樣的。他可能會發現，他朋友之所以有奇怪偏好或習慣（隨你怎麼說）的原因，甚至能解釋遺囑中爲什麼會有那些令人吃驚的條款。至少那會是張值得一看的臉——一張心中毫無喜悅的臉，一張只要一出現，就能在不容易受影響的恩菲爾德心中激起仇恨，而且久久不散的臉。從那時開始，歐特森先生就開始在街邊商店門口徘徊。無論是早晨上班前、業務不甚繁重的中午、夜霧濛濛的城市月光下、千家萬戶的燈火中、所有獨處或歡聚的時刻，都能看見這位律師堅守在他選定的崗位上。

「如果他是躲藏」先生，」他想，「那就讓我來當尋找先生吧。」

終於，他的耐心得到了回報。那是個晴朗乾燥的夜晚，空氣中帶著霜凍的氣味，街道跟舞廳地板一樣乾淨；輕風沒能吹動路燈，燈下映出了規律的光影圖案。十點一到，商店都關門了，整條街變得冷冷清清，儘管四周仍有倫敦市區傳來的低沉噪音，還是十分寂靜，一點點聲音也傳得很遠；街道兩邊的房子傳出的家務聲清晰可聞，行路人尚未抵達，聲音已經先到好一陣子了。

歐特森先生在今晚的崗位上待了幾分鐘，就意識到有個奇怪的腳步聲正在輕輕地靠近。在他開始夜間巡邏的這段時間以來，他早已習慣了一個人的腳步聲所造成的特殊效果，腳步聲會突然從城市巨大的轟鳴喧鬧聲中跳出來，但這人其實離這裡還很遠。然而這次的腳步聲迅速而明確地吸引了他的注意，這是前所未有的；他帶著強烈、近乎迷信的成功預感，退到了那個院落的門口。

腳步聲很快就接近了，當它轉向街道盡頭時，聲音突然變大。律師從門口往外望，很快就能看見他要交手的是個什麼樣的人。這人個子不高，衣著樸素；即使在那麼遠的距離外，不知道爲什麼，居然也能引起這位觀察者的強烈反感。但那人竟直接朝這扇門走過來，爲了省時間，甚至穿越

1 躲藏（hide）：與「海德」（Hyde）諧音。

了馬路；到了門口，從口袋裡掏出一把鑰匙，就像個正要回家的人。

當那人經過他面前時，歐特森先生走了出來，碰一碰對方的肩膀。

「我想你是海德先生吧？」

海德先生猛的一縮，倒吸了一口氣。但他的驚嚇只有一瞬間；儘管並沒有看律師的臉，答話時的口氣卻頗爲冷靜：「是我沒錯。你想幹什麼？」

「我看你正打算進門，」律師回答，「我是傑基爾博士的老朋友，甘特街的歐特森，你一定聽過我的名字；今天正巧遇見你，我想你說不定會讓我進去坐坐。」

「你找不到傑基爾博士的；他不在家。」海德先生答道，吹了一下鑰匙。接著他突然發問，但還是沒有抬頭。「你怎麼認識我？」

「如果你方便，」歐特森先生問，「願意幫我一個忙嗎？」

「我很樂意，」對方回答，「什麼樣的忙？」

「可以讓我看看你的臉嗎？」律師問。

海德先生似乎猶豫了一下；接著，他彷彿突然想起什麼似的，帶著一種蔑視的神情走到律師面前；兩人緊盯著彼此對看了幾秒鐘。

「現在我可以重新認識你了，」歐特森先生說，「說不定會有用。」

「是啊，」海德先生回答，「我們見過面了也好；說起來，你應該要知道我的地址。」然後他給了他一個位於蘇活區街道上的門牌號碼。

「天哪！」歐特森先生心想，「難道他也在考慮遺囑的事？」但他沒表現出來，只是低聲複述了一遍地址。

「現在，告訴我，」對方說，「你是怎麼知道我的？」

「從其他人的話裡知道的。」律師回答。

「誰的話？」

「我們有共同的朋友。」歐特森先生說。

「共同的朋友！」海德先生重複了一次，聲音有點嘶啞。「誰？」

「比如說，傑基爾。」律師說。

「他才不會跟你說這些，」海德先生憤怒地叫了出來，「我真沒想到你會撒謊。」

「別這樣，」歐特森先生說，「你這話說得太重了。」

對方大聲咆哮，發出野蠻的笑聲；突然間，他以極快的速度打開了門鎖，消失在屋子裡。

海德先生離開之後，律師還站了一會兒，顯得有點不安。然後他開始慢慢走上大街，每走一兩步就停一下，手支著額頭，彷彿精神極度困惑。他一邊走一邊在心裡反覆糾結的問題，沒多少人能解決。海德先生臉色蒼白，身材矮小；他給人一種畸形的印象，卻沒有任何能說得出來的畸形，他的微笑讓人很不舒服，在律師面前表現出一種怯懦混合著大膽的殺氣，說話的聲音沙啞低沉，帶點破音——這些特質都讓人不喜歡；但就算這一切都加在一起，也不能解釋歐特森先生對他產生的那些無以名狀的反感、憎惡和恐懼。

「一定還有別的，」這位困惑的紳士說，「還有更多東西，只看我能不能找出它是什麼。老天保佑啊，這人看上去簡直不像人！可以這麼說嗎？他有種原始人的感覺？或者是費爾博士的老故事[2]？或者不過是一個

2 英國諷刺詩人湯姆・布朗（Tom Brown，一六六二至一七〇四），他曾在一六八〇年翻譯過一首詩。當時，布朗仍是牛津大學基督堂學院的學生，他惡作劇被抓到了。學院院長約翰・費爾（John Fell，一六二五至一六八六）開除了布朗，但提出，如果他能即興翻譯出古羅馬詩人馬蒂亞爾（Martial）的詩篇第三十二，就可以取消開除。而布朗的翻譯是：「我不喜歡你，費爾博士。原因是什麼—我不能說；但有一點我知道，而且知道得很清楚。我不喜歡你，費爾博士。」

邪惡靈魂的光，透過泥塑的軀殼散發出來，連它的外貌也跟著變了？我想是最後一種吧，喔，我親愛的老朋友哈利[3]．傑基爾啊，如果我在某張臉上看見了撒旦的簽名，那就是你新朋友的臉！」

繞過這條街的轉角有一片廣場，立著許多古老美麗的房子，但現在大部分都已不復當年高級住宅的風光，以公寓和單個房間的形式出租給各式各樣的人，像是雕版地圖師、建築師、名聲不好的律師和不知名企業的代理人。然而，拐角處的第二棟房子仍住滿了人；歐特森先生在這棟房子門口停下腳步，敲了敲門，儘管這時除了氣窗之外，屋裡已經一片漆黑，但這房子依然顯得十分富有而舒適。一個衣著講究的老僕人開了門。

「普爾，傑基爾博士在家嗎？」律師問道。

「我去看看，歐特森先生。」普爾說，一邊招待著來客進入一個寬敞低矮，但極舒適的大廳。大廳裡到處鋪著石板，明亮的開放式火爐燒得暖洋洋的（就和鄉間別墅一樣），還搭配了昂貴的橡木櫥櫃。「先生，您是要在火爐邊等，還是我在飯廳裡給您點個燈？」

「就在這兒等吧，謝謝你。」律師說。

他走近了火爐，倚在高高的擋板上。這座大廳是他的醫生朋友最喜歡的地方，現在只有他一個人；歐特森自己也常說，這裡是全倫敦最舒適的房間。但今天晚上，他的血液裡有種恐懼在翻滾；海德的臉沉重地壓在他的記憶裡，他覺得噁心，對生命感到厭惡（這對他來說是很罕見的）；由於精神上的陰鬱，他彷彿從明亮櫥櫃上倒映的火光與天花板上躍動的陰影之中，讀出了某種威脅。普爾很快就回來了，說傑基爾博士出了門不在，

3 哈利（Harry）：故事中，傑基爾博士的正式名字為亨利・傑基爾（Henry Jekyll）。在英國，自中世紀開始，即有將亨利簡稱為哈利的習慣，此為一種暱稱。

他鬆了口氣，卻又爲自己的反應感到羞愧。

「普爾，我看見海德先生進了舊解剖室的門，」他說，「傑基爾先生不在家，他這樣做沒問題嗎？」

「沒問題的，歐特森先生，」僕人回答，「海德先生有鑰匙。」

「你家老爺似乎對那個年輕人很信任啊，普爾。」歐特森若有所思地喃喃自語。

「是的，先生，確實如此，」普爾說，「老爺命令我們要聽他的話。」

「我想我應該沒見過海德先生吧？」歐特森問道。

「喔，親愛的先生，沒有。他從來不在這裡用餐，」管家回答，「事實上，我們在屋子這一頭幾乎見不到他；他大部分的時間都在實驗室走動。」

「好吧，那就晚安了，普爾。」

「晚安，歐特森先生。」

律師準備回家，心情十分沉重。

「可憐的哈利・傑基爾，」他想著，「我真擔心他，他現在正身處險境！他年輕的時候很狂放，當然這是很久以前的事了；但上帝的律法是沒有時效限制的啊！啊呀！一定是這樣；舊日罪過的幽靈，隱藏起來的恥辱之癌，雖然慢了一點，但懲罰還是來了，就在記憶被遺忘和自愛寬宥了錯誤之後的幾年來到。」

律師被這個想法嚇壞了，也沉思起自己的過去，摸索著記憶的每個角落，生怕有什麼舊時罪孽盒子裡的傑克玩偶[4]，偶然地從哪裡蹦出來；他

4 罪孽盒子裡的傑克玩偶（Jack-in-the-Box）：又稱嚇人箱、嚇人小丑盒等，是一種給孩子玩的玩具。玩法是，轉動設置在緊閉盒子外的手柄機關，盒子就會演奏旋律，盒子的蓋子會出人意表地打開，從裡頭彈出一個小丑人偶。此字眼最早見於十六世紀的一本書，用來指稱一名專門賣給人空盒子的江湖騙子。

的過往眞是無可指摘；很少有人能在翻閱自己的人生卷軸時像他那樣心胸坦蕩；然而，他還是因爲自己曾經做過的許多壞事而極度羞愧，也因爲許多差點做了、卻懸崖勒馬的事，而重新喚起一份清醒且恐懼的感激。之後，回到他之前思索的主題，他升起了一絲希望的火花。

「這位海德老爺，」他想，「要是深入研究，一定有他自己的祕密——從他的外表看來，應該有不可告人的祕密；可憐的傑基爾，和他一比，即使是最糟的祕密，也跟陽光一樣。事情不能這樣繼續下去。想到這個怪物可能像小偷一樣溜到哈利的床邊，我就全身發冷；可憐的哈利，他醒來的時候不知道有多驚嚇！多危險！因爲，要是這個海德猜到有這份遺囑存在，說不定會迫不及待想繼承遺產。唉，我得拚盡全力了——只要傑基爾願意，」他繼續說，「只要傑基爾願意讓我處理。」他腦子裡再度浮現遺囑中那些奇怪的條款，清清楚楚，如在眼前。

第三章 自在的傑基爾博士

兩星期後，歐特森先生有了個極好的機會，博士邀請他們五六個老朋友吃了一頓愉快的晚餐，他們都是有頭腦、有名望的人，而且對好酒很有品鑑能力；歐特森先生在其他人離開時刻意留了下來。這並不是什麼前所未有的事，而是已經有過幾十次的慣例了。只要是歡迎歐特森去的地方，都非常喜歡他。主人們最愛在輕鬆多話的賓客踏出門檻的時候，特別留住這名略顯乏味的律師；他們喜歡在他寧靜的陪伴下坐一會兒，練習獨處；經歷了歡樂的消耗和壓力之後，在這個人取之不盡的沉默中，讓自己的頭腦清醒清醒。傑基爾博士也不例外；現在，他正坐在火爐對面，是個身材高大、健壯，臉上沒有一絲皺紋的五十歲男人，也許有點狡猾，但代表能力和善良的每個特徵都還在——你可以從他的神情中看出，他對歐特森先生的感情眞誠而熱切。

「我一直想跟你談談，傑基爾。」律師先開口，「你清楚你那份遺囑是怎麼樣的遺囑嗎？」

一個敏於觀察的人可能會推斷出這個話題令人不舒服，但博士卻很愉快。

「我可憐的歐特森啊，」他說，「碰到我這樣的客戶是你的不幸。會被我的遺囑煩成這樣的人，我可從來沒見過，除了那個死板的書呆子蘭尼恩，他說我是科學界的異端邪說。喔，我知道他是個好人（你不必皺眉頭），也很優秀，我一直想多見見他；但他完全就是個墨守成規的迂腐學究，一個無知、公然顯擺的學究。對於蘭尼恩，我比對任何人都失望。」

「你知道的，我從來沒同意過這一點。」歐特森繼續原來的主題，毫不留情地無視了這個新話題。

「我的遺囑？是啊，當然，這我知道，」博士說道，口氣有點尖銳。「你跟我說過了。」

「好吧，那我再跟你說一次，」律師繼續說，「我一直在打聽那位年輕的海德先生的事。」

傑基爾博士英俊的大臉倏然變色，連嘴唇都白了，眼睛裡卻浮現一股怒意。「我不想再聽了，」他說，「我以爲我們已經說好，不再提這個問題的。」

「我聽到的情況非常不對勁。」歐特森說。

「這不會改變什麼。你不瞭解我的處境。」博士回答，失去了平時有條有理的態度。「我身在痛苦之中，歐特森；我的處境很怪——非常非常怪。是沒辦法透過交談解決的那種事。」

「傑基爾，」歐特森說，「你瞭解我的——我值得信任。你私下把這件事說清楚，我相信，我一定能讓你從困境中解脫。」

「我親愛的歐特森，」博士說，「你眞是個好人，太好太好了，我實在找不出合適的話來感謝你。我對你完全信任；如果我能選擇，在所有活著的人裡頭，我會第一個相信你，是的，甚至排在我自己之前；但事實上，事情並不是你想像的那樣；沒有那麼糟糕。爲了讓你那顆善良的心平靜下來，我要告訴你一件事——只要我做了選擇，我就可以擺脫海德先生了。我向你保證，還要再三感謝你；我只想再說一句話，歐特森，我相信你會接受的——這是私人問題，我求求你，就別管它了。」

歐特森沉思了一會兒，眼睛望著爐火。「你完全正確，這點我毫不懷疑。」他終於說話了，同時也站了起來。

「嗯，但是既然我們已經提到了這個問題，而我又希望這是最後一次，」博士繼續說，「有一點我希望你明白。我對可憐的海德確實興趣濃厚。我知道你見過他，這是他告訴我的；我擔心他很粗魯。但是我真的對那個年輕人非常感興趣；如果我走了，歐特森，我希望你答應我，你會容忍他，為他爭取權利。如果你知道了一切，我想你會答應的；如果你答應，那我就放心了。」

「我沒辦法假裝自己會永遠喜歡他。」律師說。

「我不要求這個，」傑基爾把手放在律師手臂上，懇求道，「我只求公允；我只要求你，在我不在了的時候，看在我的分上幫助他。」

歐特森忍不住嘆了口氣。「好吧，」他說，「我答應你。」

第四章　令人在意的謀殺案

大約一年之後，十月十八日，倫敦發生了一起震驚世人的凶殘犯罪事件，由於受害者的社會地位很高，使得事件更加引人注目。細節不多，卻令人驚駭。

有個女僕獨自住在一棟離河不遠的房子裡，夜裡十一點左右，她上樓就寢。雖然凌晨時分城市上空霧氣瀰漫，但剛入夜時仍萬里無雲，從女僕房間窗戶望見的那條小路被滿月照得非常亮。她坐在窗下直立著的箱子上，陷入了沉思的幻想，彷彿感受到上天贈與的浪漫似的——（她在陳述這段經歷時流著淚說），她從來不曾像現在這樣，和男人之間關係平和，也覺得這個世界無比友好。

正當她坐在那兒的時候，她注意到有位白髮蒼蒼的體面老紳士沿著小路走來，對向另一個非常矮小的紳士正朝他迎面走去，但一開始她並沒有注意到他。當他們進入了交談範圍（正好在女僕的眼皮底下），老紳士躬身行禮，以一種非常禮貌的方式和對方搭話。

他到底說了什麼並不重要；事實上，從他的手指著一個方向的樣子看來，他似乎只是在問路。但他說話時月亮正好照在他臉上，女孩喜悅地瞧著那張臉，那神情看似散發出某種天真和古樸的親切感，可是又帶著一股理所當然的高尚氣質。而後，她的目光轉到另一個人身上，她驚訝地發現那人是海德先生，千眞萬確，因爲他曾經拜訪過他的主人，而且她對他有種厭惡感。

他拿著一根沉重的手杖，不時玩弄兩下；但他一個字也沒回答，而且似乎聽得很不耐煩。接著，他突然暴怒，猛跺著腳，揮舞著手杖，像瘋子似的（女僕是這麼描述的）繼續逼近。老紳士退了一步，表情十分驚訝，略帶一絲傷心；這時，海德先生突然衝上前，把老紳士打倒在地。下一刻，他已經憤怒得像一頭大猩猩，把受害者踩在腳下，拳落如雨，狠狠打了老紳士一場，甚至連骨頭碎裂和身體碰撞路面的聲音都聽得見。女僕在這些景象和聲音的衝擊之下，當場暈了過去。

等到她甦醒過來，叫來警察，已經是兩點鐘的事了。兇手早就離開現場；受害者卻躺在小路中間，屍身面目全非，令人難以置信。行兇用的手杖雖然是某種非常堅硬沉重的罕見木頭做的，但在這種瘋狂殘忍的力量之下，已經從中間斷成兩截，斷裂的半截滾落到附近水溝裡，而另外半截，毫無疑問，是被兇手帶走了。受害者身上發現了一個錢包和一隻金錶，沒有任何名片或文件，只有一個貼了郵票的、密封起來的信封，可能是他準備帶去郵局的東西，上面寫著歐特森先生的姓名地址。

第二天早上律師還沒起床，這封信就送到了律師家；他看了信，聽來人說了情況，便迅速噘起嘴唇，嚴肅地說：「在我看見屍體之前，我什麼都不會說。這很可能是非常嚴重的事，我換件衣服，請稍等一下。」他維持著同樣嚴肅的表情匆匆吃完早餐，開車去了警察局，屍體已經運到那兒了。

他一走進小房間，就點了點頭。

「是的，」他說，「我認得他。我很遺憾，這位就是丹佛斯・卡魯爵士。」

「天哪，先生！」警官驚呼，「怎麼可能？」下一秒鐘，眼中專業的霸氣便燃燒了起來。「這會引起大騷動的，」又說，「也許您能幫我們找到那個人。」他簡單重述了女僕目睹的情況，還給他看了那截斷了的手杖。

歐特森先生已經開始恐懼海德這個名字了；但當這根手杖擺在他面前時，他的最後一絲懷疑也煙消雲散——儘管手杖破損不堪，他還是立刻認出，這是自己多年前送給亨利・傑基爾的東西。

「這位海德先生，個子是不是不高？」他問。

「非常矮，而且看起來很邪惡，這是那位女僕對他的評語。」另一個人說。

歐特森先生想了想，抬起頭，說：「如果你願意和我一起搭計程車，我想我可以帶你去他家。」

這時大約是上午九點，這個季節的第一場霧還沒有散。空中罩著一層巨大的巧克力色天幕，風則不斷地吹拂，驅散了這些聚集起來的蒸氣；所以，當計程車從一條街緩緩移到另一條街時，歐特森先生看見了色調各異、濃淡不一而令人驚嘆的晨光——這裡的黑暗彷若夜晚即將結束，那裡卻出現了像是某種怪異大火般濃厚而耀眼的褐色光芒；而這裡，再過片刻，霧氣就會被擊破，一束微弱的陽光將斜斜射進縈繞著的薄霧中。變幻莫測之下，我們可以瞥見蘇活區陰鬱的一面，泥濘的道路、衣衫襤褸的行人，以及從未熄滅、或是一再被點燃以抵抗悲慘黑暗再次入侵的燈火，在律師眼中，這裡就像是某個城市的噩夢區。除此之外，他心裡的想法也染上了陰暗的色調；他瞥了車裡的同伴一眼，察覺到，有時候連最誠實的人也難以免除對法律和執法者的恐懼。

計程車在指定的地址前停了下來，這時霧氣稍微散了些，他看見一條骯髒的街道，一家杜松子酒鋪，一家廉價法國餐館，一家賣一便士廉價小說和兩便士沙拉的零售商店，許多衣衫襤褸的孩子蜷縮在門口，許多不同民族的女人手裡拿著鑰匙，一早就出門去喝酒；不一會兒，赭紅泥土似的霧氣又在這一帶罩下，把律師和周圍的黑幫環境隔絕開來。亨利・傑基爾最喜歡的人，那個二十五萬英鎊的繼承人就住在這裡。

一個臉色白如象牙、滿頭銀髮的老婦人開了門。她有張邪惡的臉，因爲僞善而顯得圓滑；舉止倒是很得體。她說，是的，這裡是海德先生的家，但是他不在；那天晚上他很晚才進門，但不到一個小時又走了，其實這也沒什麼好奇怪的；他的作息很不規律，也經常不在；比方說，到昨天爲止，她已經快兩個月沒見到他了。

「那好，我們想看看他的房間。」律師說；當老婦人開始說「這不可能」的時候，他又說：「我最好告訴你這個人是誰，這位是蘇格蘭場的紐科曼探長。」

老婦人臉上閃現一絲促狹的喜色，看上去令人反感。「啊！」她說，「他惹上麻煩了！他幹了什麼事？」

歐特森先生和探長交換了一下眼神。

「他似乎不是個很受歡迎的人物啊，」探長說，「現在，仁慈的女士，讓我和這位先生到處看看吧。」

房子裡只有老婦人在，除此之外，整棟房子空蕩蕩的，海德先生只用了幾個房間，但這些房間的布置都很豪華，也很有品味。壁櫥裡裝滿了葡萄酒；盤子是銀製的，餐巾也很雅致；牆上掛著一幅好畫，是亨利・傑基爾送的（正像歐特森所猜想的那樣），他鑑賞藝術的眼光相當好；地毯是由多股線混織的，顏色很好看。然而，此刻，房間裡卻到處都是彷彿被匆匆洗劫過的痕跡——衣服散落一地，口袋裡的東西都被翻了出來；帶鎖的

---

1 蘇格蘭場（Scotland Yard）：英國人對首都倫敦警務處總部所在地的稱呼。一八二九年時，坐落在白廳廣場四號的倫敦警察廳有一扇後門，正對著一條名為「大蘇格蘭場」的街道，之後便成為倫敦警方的代名詞。

抽屜開著大口；壁爐裡躺著一堆灰燼，好像燒掉了很多文件。

探長從灰燼中挖出一本綠色支票簿的後半截，它抵擋住了火勢，倖存下來；另外半截手杖則在門後發現；這證實了探長的懷疑，他說自己眞是太高興了。他去了一趟銀行，查出凶嫌名下有幾千英鎊，這讓他更加開心。

「您可以放心，先生，」他對歐特森先生說，「他逃不出我手掌心的。他一定失去了理智，否則不會把那根手杖留在那裡，或者燒掉那本支票簿，這點最重要。因爲對那個人來說，錢就是他的命。我們沒什麼要做的，只要在銀行等著他，然後把尋人傳單弄出來就行了。」

然而，最後這一點並不那麼容易做到，因爲熟悉海德先生的人屈指可數——就算是身爲女僕的主人，女僕也只見過他兩次；他家人下落不明；他也從來沒拍過照；少數能描述他外表的人，所說出來的內容差異非常

第五章　和一封信有關的小插曲

當歐特森先生抵達傑基爾博士家門口，已經接近傍晚了，普爾立刻請他入內，帶著他走過廚房，穿過一片曾經種滿花的庭院，來到那棟不管叫實驗室或解剖室都無關緊要的屋子。這幢房子，是博士從一位外科名醫的繼承人手裡買下的；比起解剖學，他更喜歡化學，也因此改變了花園深處那棟房子的用途。

這是律師第一次獲邀進入他朋友寓所的這一處地方；他好奇地打量著這座沒有窗戶的陰暗建築，經過大講堂時，帶著一種不快的陌生感環顧四周，這裡曾經擠滿了熱切的學生，現在卻破落而沉寂，桌上擺滿了化學儀器，地板上散落著箱子和包裝用的麥稈，光線從霧濛濛的穹頂昏暗地灑下來。在另一頭，有段樓梯通向一扇覆著紅絨毛氈布的門；走過這扇門之後，歐特森先生終於被領進了博士的內室。

這個房間很大，四周都是玻璃櫥櫃，除了其他該有的東西之外，還配了一面穿衣鏡和一張辦公桌，從三扇布滿灰塵的鐵窗往外看，可以看見整個院落。壁爐裡燒著火，煙囪架上點著燈，因爲即使在屋子裡，霧也開始變濃了；傑基爾博士就坐在那裡，離溫暖的爐火很近，一副生了重病的樣子。他沒有起身迎接客人，只是伸出一隻冰冷的手，用已經變了的聲音向他表示歡迎。

普爾一告退，律師就迫不及待地開口，「嘿，你聽到消息了嗎？」

博士打了個寒顫，說：「他們在廣場上大喊大叫，我在飯廳裡聽見了。」

「簡單一句話，」律師說，「卡魯是我的客戶，但你也是；我想知道自己到底在幹什麼。你還沒瘋狂到窩藏那個傢伙的地步吧？」

「歐特森，我向上帝發誓，」博士喊道，「我向上帝發誓，我連看都不會再看他一眼。我以名譽向你保證，我和他已經一刀兩斷。一切都結束了。而且事實上，他也不需要我的幫助；你沒有我瞭解他；他很安全，非常安全；記住我的話，再也不會有人聽見他的消息了。」

律師表情陰鬱地聽著；他不喜歡他朋友激動的說話方式。

「你對他似乎很有把握，」他說，「爲了你好，我希望你是對的。不然到了要上法庭的時候，受審名單上可能就有你的名字了。」

「我對他很有把握，」傑基爾回答，「我有理由這麼確信，只是我不能告訴任何人。但有件事我想聽聽你的建議。我收到了一封信，不知道應不應該交給警察。歐特森，我想把它交給你，我相信你會做出明智的判斷，我非常非常信任你。」

「我想，你是擔心他，因爲這封信而被人發現吧？」律師問。

「不，」博士說，「我不能說我在意海德的下場，我跟他已經毫無關係了。我考慮的是我自己的個性，這件可恨的事恰恰暴露了我的個性。」

歐特森沉思片刻；他對這位朋友的自私感到驚訝，卻也因此鬆了口氣。

「好吧，」他終於說：「讓我看看那封信。」

信是用一種直挺挺的古怪字跡寫的，署名「愛德華・海德」。信裡簡單表明，這人的恩人傑基爾博士，長期以來對他的慷慨難以回報，博士不需要爲他的安全擔心，因爲他有可靠的潛逃方式。這封信正是律師一直想看到的，它釐清了兩人的親密關係，這也是律師一直在尋找的解釋，他爲自己過去的一些懷疑感到自責。

「信封，你還留著嗎？」他問。

「我還沒想清楚自己在幹什麼之前，就燒掉了。」傑基爾回答，「但是信封上沒有郵戳，這封信應該是讓人送來的。」

「可以讓我留著這封信，明天再做決定嗎？」歐特森問道。

「我希望能由你全權代我判斷，」博士回答，「我對自己已經完全沒有信心了。」

「嗯，我會考慮的。」律師回答，「還有一件事，你遺囑中關於失蹤的條款，是海德要你這麼寫的嗎？」

博士彷彿突然一陣暈眩，他緊緊抿著雙唇，點了點頭。

「我就知道，」歐特森說，「他想謀害你。你逃過了一劫。」

「我得到的東西遠不止於此，」博士表情嚴肅地回答，「我得到了教訓——喔，老天，歐特森啊，我得到了多麼大的一個教訓啊！」他雙手捂住了臉，好一陣子都沒放下來。

離開前，律師停下腳步，和普爾說了幾句話。

「順帶問一句，」他說，「今天有人送來一封信，送信的人長什麼樣子？」

但普爾很肯定地說：「除了郵差，沒別人送東西來。」然後又補上一句，「就算是郵差送來的那些，也只是些廣告之類的印刷品。」

這消息再度引起了這位訪客的擔憂。很顯然，這封信是直接送進實驗室的；說不定，這封信就是在內室寫的；如果真是這樣，就必須對它採取不同的判斷，並且得更審慎處理。

他離開的時候，報童正沿著人行道聲嘶力竭地喊著「號外！令人震驚的議員謀殺案」，彷彿是一場葬禮致詞，主角，一個是朋友，一個是客戶；他不禁憂慮起來，很怕另一個人的好名聲會在這場醜聞漩渦中毀於一旦。至少這棘手的決定他不能不做；而且，雖然他習慣單打獨鬥，卻也開始渴望得到一些建議。他不想直接找人問；但他想，也許可以用試探的方式弄到。

沒過多久，他坐在自家的壁爐邊，他的辦事員主管蓋斯特先生坐在另一邊，兩人之間離火爐還有段距離處，擺著一瓶已經在他家地窨存放了很久、年代久遠的葡萄酒。霧氣依然在籠罩著城市的垂天之翼上沉睡，城裡的燈火如紅寶石般閃閃發光；而在淪落人間的雲朵的遮蔽和窒息感之下，城市生活的隊伍依然順著各主要幹線呼嘯而來。但屋裡火光耀眼。瓶裡的酸澀味很久以前就已經消散，深紅色澤隨著時間流逝變得越發溫潤，像玻璃彩窗的顏色一般豐富；山坡葡萄園秋日炎熱的午後光輝已經準備釋放出來，驅散倫敦的迷霧。律師不知不覺地融化了。

蓋斯特先生是爲他守住最多祕密的人——但他也不是很確定，他所知道的祕密是不是只有他以爲的那些。蓋斯特先生經常去博士家辦事；他認識普爾；他對那棟房子的熟悉程度很可能不下於海德；他說不定會得出一些結論——那麼，讓他看看這封信，把謎團解開，不是很好嗎？最重要的是，蓋斯特是一位傑出的字跡評論專家，應該會認爲這麼做很自然而樂於相助吧？此外，這位辦事員也是個懂法律的人，幾乎不可能在讀了這麼奇怪的一份文件之後卻一句話不說；而只要有這麼一句話，歐特森先生說不定就可以決定今後的行動方向了。

「丹佛斯爵士的事是件悲劇。」他說。

「是的，先生，確實如此，也引起了民眾很大的情緒反應。」蓋斯特回答，「至於那人，自然是個瘋子。」

「我想聽聽你對這件事的看法，」歐特森答道，「我這裡有份文件，上面有他的筆跡；這件事請你保密，因爲我實在不知道該怎麼做才好；這件事即使在最好的情況下也是件醜事。就是這個，請你看一下，這就是殺人犯的親筆簽名。」

蓋斯特的眼睛一亮，他立刻坐下，充滿熱情地研究起來。

「不，先生，」他說，「這人不瘋，但這筆跡很奇怪。」

「不管從哪方面看，都是很怪的筆跡。」律師接了一句。

就在這時，僕人拿著一張便條進來。

「這是傑基爾博士寫的嗎？先生。」辦事員問道，「我想我認得這個筆跡。有什麼需要隱藏的事嗎，歐特森先生？」

「只是一張晚宴邀請函而已。怎麼樣？你想看嗎？」

「一下子就好。謝謝你，先生。」然後，辦事員把兩張紙並排放在一起，仔細比較。「謝謝你，先生，」最後他說，並且把兩張紙都還給他。

「是個非常有趣的簽名。」

兩人沉默了一會兒。

在這段時間裡，歐特森先生陷入了天人交戰。

「你爲什麼要比較這兩份東西，蓋斯特？」他突然開口問。

「這個嘛，先生，」辦事員回答，「這兩個筆跡有相當奇怪的相似點；兩個筆跡在很多地方都是一樣的，只是傾斜度不同而已。」

「相當奇怪。」歐特森說。

「確實如你所說，相當奇怪。」蓋斯特答道。

「我不會提這張便條的事，這你知道的。」主人說。

「是的，先生，」辦事員說，「我明白。」

但那天晚上，歐特森先生一送走旁人，就把便條鎖進了他的保險箱，之後便一直放在那裡。

「什麼！」他想，「亨利・傑基爾居然爲一個殺人犯造假！」他血管裡流著的血都發寒了。

第六章 蘭尼恩醫生的怪事

日子一天天過去，懸賞金額高達數千英鎊，民眾的心因爲丹佛斯爵士的死而受傷，也引起了公憤；但海德先生卻從警方的視野中消失了，彷彿他從未存在過。確實，他過去幹過的許多事都被挖了出來，而且都很不光彩——像是，這人的殘忍、冷酷和暴力，他卑鄙的生活，他奇怪的伙伴，以及疑似與他職業有關的仇恨故事，諸如此類。但此刻他的下落，卻一點消息也沒有。從謀殺案發生當天早上，他離開蘇活區那棟房子開始，他就像完全從這個世上抹去了。

隨著時間流逝，歐特森先生已逐漸從驚慌失措中恢復，心情也平靜了下來。在他看來，以丹佛斯爵士的死，換來海德先生的銷聲匿跡，是絕對值得的。如今，邪惡的影響已然消失，傑基爾博士也展開了新生活。他不再與世隔絕，重新和朋友們有了聯繫，再度成為他們熟悉的客人和東道主；雖然他一直以來都以慈善活動聞名，但如今在宗教方面也不遑多讓。他很忙，大多數時間都待在外頭，表現很出色；他的臉看起來開朗明亮，好像內心有股服務意識在裡面發光；兩個多月過去了，博士的生活平靜無波。

一月八日那天，歐特森去博士家參加了一場小型宴會；蘭尼恩也在；東道主凝視著這兩人的臉，彷彿回到了過去朋友三人形影不離的時光。但十二日、十四日這兩天，律師卻被拒之門外。

「博士把自己關在屋子裡，」普爾說，「他誰也不見。」

十四日的時候，律師再次嘗試，還是被拒絕；在這之前的兩個月，他幾乎每天晚上都會去看他的朋友，他發現這種孤獨再次回歸的感覺，給他的精神帶來了沉重的負擔。第五天晚上，他邀蓋斯特共進晚餐；第六天，他去了蘭尼恩醫生家。還好，這邊的門沒讓他吃閉門羹；但他進去之後，卻被醫生外表的變化嚇了一大跳。他的臉簡直清楚地寫著一張死亡通知。一個原本紅潤的人變得臉色蒼白，身上的肉不知到哪裡去了，他明顯地變禿、變老；然而律師最注意到的並不是身體迅速衰退的這些跡象，而是他的眼神和舉止，似乎在訴說某種深層的心靈恐懼。醫生不太可能怕死，但這正是歐特森忍不住要懷疑的方向。

「確實，」歐特森想，「他是醫生，他一定知道自己的情況，知道自己來日無多；但這件事他無法承受。」當律師提到他的臉有病容時，蘭尼恩一臉堅定地宣布自己死定了。

「我受了驚嚇，」他說，「我不會好了。只是幾個星期的問題了。

嗯，生命充滿了喜悅，我很喜歡；是的，先生，我曾經很喜歡的。有時我會想，如果我們明白了一切，應該會走得更高興。」

「傑基爾也病了，」歐特森說，「你見過他嗎？」

然而，蘭尼恩的臉色突然變了，他舉起一隻顫抖的手。「我希望永遠不要再看見或聽見傑基爾博士的事，」他用斷斷續續的聲音大聲說道，「我和這人已經沒什麼好說的了，我拜託你，不要再提到那個人，在我心裡，那個人已經死了。」

「呃呃，」歐特森先生說；好一陣子之後，他又說，「沒有什麼我能做的嗎？蘭尼恩，我們三個人有這麼多年的交情，我們這輩子再也不會有這樣的朋友了。」

「什麼也做不了，」蘭尼恩回答，「去問他吧。」

律師說：「他不會見我的。」

「我一點都不驚訝，」蘭尼恩答道，「歐特森，我死了之後，總有一天，你或許會明白這件事的是非曲直。我不能告訴你。但如果你能看在上帝的分上，坐下來跟我聊聊別的事，就留下來談談；但如果你沒辦法避開這個該死的話題，那，以上帝之名，你走吧，因為你承受不了的。」

歐特森一回到家，就立刻坐下寫信給傑基爾，抱怨自己不得其門而入的事，並且詢問他和蘭尼恩不歡而散的原因。第二天，長篇大論的回應就來了，整封信大部分都是可憐兮兮的措辭，有些地方甚至有一點神祕難解。他說，他和蘭尼恩之間的爭端是不可能解決的。

「我不怪我們的老朋友，」傑基爾寫道，「但我的想法和他一樣，我們絕不可能再見面了。我的意思是，我打算從此開始徹底隱居；但即使我經常拒你於門外，你也不要驚訝，不要懷疑我與你的友誼。你必須讓我獨自走完自己的黑暗之路，我自作自受，給自己帶來了無法形容的懲罰和危險。如果說我是頭號罪人，那麼我也是頭號的受難者。我無法想像這世上竟有容得下這等痛苦和恐怖的地方。歐特森，想減輕這種可怕的命運，你唯一能做的，就是尊重我的沉默。」

歐特森很驚訝——明明，海德的陰暗影響已經消失，博士也重拾了他以前的工作和友誼；一個星期前，未來還朝著他們微笑，各種愉快的承諾和光輝的階段即將到來；而短短一個星期後的現在，友誼、心靈平靜和他整個人生的基調，卻完全破壞掉了。這變化如此巨大，令人措手不及，直接指向了瘋狂；但從蘭尼恩的言行看來，這變化必然還有更深層的原因。

一個星期後，蘭尼恩醫生開始臥床不起，不到兩週的時間，他就死了。葬禮結束後的第二天晚上，在悲痛的心情之下，歐特森鎖上辦公室的門，坐在憂鬱的燭火邊，取出一只信封放在面前，是他逝去摯友親筆簽名封緘的。「**私人信件**：限J. G.歐特森**本人**拆閱，若他未曾拆閱即已過世，便將此信銷毀」——強調的重點字，標得清清楚楚；律師有點害怕知道信裡的內容。他想：「今天我已經埋葬了一個朋友，要是這封信又讓我失去另一個，那怎麼辦？」但他立刻譴責自己的恐懼，認爲這是對朋友的不忠誠，於是他拆開了信。

結果，裡面又是一個信封，同樣是密封的，上面寫著「在亨利・傑基爾博士死亡或失蹤之前，不得開啓」。歐特森不敢相信自己的眼睛。是的，「失蹤」這兩個字又在這裡出現了，跟那份他許久以前就已經制止了當事人的瘋狂遺囑中的字眼一模一樣，而在這裡，失蹤的想法和亨利・傑基爾的名字又連結起來了。但是在遺囑中，這個想法來自海德這個人的陰險建議，所以它放在遺囑中的目的極其明顯而可怕。

但這是蘭尼恩親手寫的，這代表著什麼呢？他這個受委託人產生了強烈的好奇，眞想不顧禁令，立即對這些謎團追根究柢——然而，出於職業的榮譽心以及對於故友的信任，他必須嚴格遵守此義務，而那個包裹，就沉睡在他私人保險箱最深處的角落裡。壓抑好奇心是一回事，征服它又是另一回事；從那天起，歐特森是不是依然渴望和倖存的另一位朋友聯繫，這點也許頗令人懷疑。他想到他時，依然心懷友好，但腦子裡則充滿不安和恐懼。

他確實上門拜訪了，但在被拒絕時或許也鬆了口氣；或許在他心裡，他還寧願在門口和普爾說話，被開放的城市空氣和噪音環繞，也不願意獲准進入那幢自甘受到束縛的屋子，坐在那兒和一個神祕莫測的隱士說話。普爾確實也沒什麼愉快的好消息可講。博士現在似乎更常把自己關在實驗室上方的密室裡了，在那兒的時間比以往任何時候都長，有時甚至就睡在那裡；他情緒低落，變得非常沉默，也不讀書了；他似乎有什麼心事。歐特森已經習慣了這些報告的一成不變，他上門拜訪的頻率也逐漸降低了。

第七章　窗口的蹊蹺

某個星期天，歐特森先生和恩菲爾德先生照例出門散步，碰巧又穿過了那條街；他們走到那扇門前，兩人都停下了腳步，凝視著它。

「好吧，」恩菲爾德說，「至少，這個故事已經結束。我們再也不會看見海德先生了。」

「希望是這樣，」歐特森說，「我有沒有跟你說過，我見過他，而且也產生了跟你一樣的厭惡感？」

「任何人只要見到他，沒有那種感覺是不可能的。」恩菲爾德回答，「順帶一提，你一定以爲我是傻瓜，連這是通往傑基爾博士家後門的路都不知道！我會發現這一點，有部分是你的錯，即使我最後還是知道了。」

「所以你發現了，是嗎？」歐特森說，「但就算是這樣，我們也可以走進院落，望望那些窗戶。說實話，可憐的傑基爾讓我不安；即使他在外頭，我也覺得有個朋友在身邊對他比較好。」

院落裡很涼爽，有一點潮濕，灑滿了早來的暮色，儘管頭頂上的天空在日落時分依然明亮。三扇窗戶之中，中間的那扇半掩著；歐特森看見傑基爾坐在窗邊透氣，神情極度憂鬱，像個沮喪的囚犯。

「嘿！傑基爾！」他大喊，「我想你應該好多了。」

「我情緒很低落，歐特森，」博士悶悶地回答，「低落極了。這樣的日子不會太久了，感謝上帝。」

「你在屋裡悶太久了，」律師說，「你應該出來，像我和恩菲爾德先生一樣活動活動筋骨。（這是我表弟，恩菲爾德先生。這位是傑基爾博士。）來吧，帶著你的帽子，跟著我們稍微轉一轉吧。」

「你眞好，」對方嘆了口氣，「我很想去；但是，不，不，不，這是不可能的；我不敢。可是眞的，歐特森，我很高興見到你；我眞是太開心了。我很想請你和恩菲爾德先生上來，但這裡實在不合適。」

「那麼，」律師體貼地說，「我們能做的最好的事，就是站在這裡和你聊聊。」

「我正打算冒險提出這個提議呢。」博士笑著回答。但話還沒說完，他臉上的笑容就消失了，取而代之的是一種無助而絕望的表情，樓下兩位先生的血液則彷彿凝結了。

他們只來得及看一眼，因爲窗戶立刻關上了；但就算只有這一眼，也足夠了，他們轉身離開了院落，一句話也沒說。他們走過那條小路，依然一路沉默；他們來到附近的一條大街，即使是星期天，那裡仍然有些生活氣息，歐特森先生直到這時才終於轉過身來，看著他的同伴。他倆都臉色蒼白，眼睛流露出相同的恐懼。

「上帝寬恕我們！上帝寬恕我們！」歐特森先生說。

但恩菲爾德先生只是嚴肅地點點頭，又繼續沉默地往前走。

第八章　最後一夜

某天傍晚，歐特森先生吃過晚飯坐在壁爐邊，突然收到通報說普爾來訪，他非常驚訝。

「哎呀，普爾，什麼風把你吹來的？」他喊道；接著，他看了普爾一眼，問：「你怎麼了？博士病了嗎？」

「歐特森先生，」他說，「事情不太對勁。」

「請坐，喝杯酒吧。」律師說，「從現在開始，慢慢來，你需要什麼，請清楚地告訴我。」

「博士的事您很清楚，先生。」普爾回答，「還有，他是怎麼把自己關起來不見人的。嗯，他又把自己關在密室裡了；我不喜歡他這樣，先生（要是我會喜歡這種事，我寧願自己死了算了）。歐特森先生，我很害怕。」

「嗯，我善良的朋友，」律師說，「說清楚一點，你在怕什麼？」

「我已經擔驚受怕快一個星期了，」普爾回答，堅決沒有要理會律師所提問題的意思，「我再也受不了了。」

這人的表現充分證明了他所言不假——他越來越不顧禮儀了；除了第一次提到他的恐懼那一刻，他一次也沒有正眼看過律師的臉。即使是現在，他坐在那裡，也是葡萄酒放在膝上動也沒動，眼睛死盯著地板的一個角落看。

「我再也受不了了。」他又重複了一次。

「說吧，」律師說，「普爾，我覺得你想必有充分的理由；我看得出有大問題了。告訴我出了什麼事。」

「我認爲發生謀殺案了。」普爾嘶啞地說。

「謀殺案！」律師驚叫，他這一嚇非同小可，簡直就要因此發起火來。「什麼謀殺案？你這話是什麼意思？」

「我不敢說，先生。」普爾回答，「不過，您願意跟我一起去親眼看看嗎？」

歐特森先生二話不說，直接起身去拿帽子和大衣；但他詫異地注意到了，管家甚感寬慰的神情，也許還要再加上一點，就是普爾放下杯子準備跟他出門的時候，那杯酒連嚐都沒有嚐一口。

那是個颳著狂風、典型三月份的寒冷夜晚，一輪蒼白的月亮躺在天上，像是被風吹斜了，還披掛著一條彷若細麻質地的半透明飛舞雲彩。風，大得連說話都難，也把人的臉凍得泛紅。大風似乎把街道都掃蕩了一輪，行人少得不尋常，歐特森先生覺得，他從來沒見過倫敦有哪個地方這麼荒涼。他眞希望情況不是這樣；他這一生中，從來沒想過自己會這樣強烈地想看見、想接觸他的人類同胞們；因爲，儘管他竭盡全力掙扎，他心中還是產生了一種強烈的災難預感。

他們走到院落，那裡只有狂風和塵土，花園裡瘦瘦的樹木沿欄杆站著，不斷鞭打自己。普爾一直走在前面一兩步，現在卻在人行道中間停住了，雖然天氣冰冷刺骨，他卻依然摘下帽子，用一塊紅色的小手帕擦了擦額頭。儘管他是匆忙趕來的，他所擦的卻不是勞累的汗滴，而是某種令人窒息的痛苦水分——因爲他的臉色蒼白，說話時，聲音刺耳而沙啞。

「好了，先生，」他說，「我們到了，上帝保佑一切如常。」

「阿門，普爾。」律師說。

接著，管家非常謹慎地敲了敲門。

門在鍊子後頭開了一道縫，有個聲音從裡面問道：「普爾，是你嗎？」

「沒事，」普爾說，「開門。」

他們進了大廳，裡面燈火通明，爐火生得很旺；所有的僕人，不分男女，都像羊群一樣擠在壁爐邊。一見到歐特森，一名女僕便歇斯底里地嗚咽起來，有個廚娘則喊著：「天哪！是歐特森先生。」一面奔上前來，像是要把他摟在懷裡。

「怎、怎麼了？你們都在這兒？」律師有點生氣。「這樣太沒規矩，太不像樣了，你們家老爺會很不高興的。」

「大家都很害怕。」普爾說。

接下來是一片沉默，沒有人抗辯；只有女僕扯開了嗓子，大聲地哭了起來。

「給我閉嘴！」普爾對她說，口氣凶狠，足見他自己的神經也緊繃到了極點。

事實上，當這個女孩突然開始放聲號哭時，他們都吃了一驚，紛紛轉頭望向內室的門，臉上預期著會看見什麼可怕的神情。

「現在，」之後，管家對掌管刀叉的男孩說：「給我一支蠟燭，我們馬上把事情弄清楚。」接著要求歐特森先生跟在自己後面，帶著他去了後花園。

「現在，先生，」管家說，「過來時，動作盡可能放得輕些。我想讓你聽點東西，但我不想讓你被聽見。還有，先生，聽好，如果他要請你進去，千萬別去。」

歐特森先生聽見這意外的最後一句話，神經猛的一震，差點讓他失去平衡；但是他鼓起了勇氣，跟著管家走進實驗室那棟樓，穿過堆著木箱和瓶瓶罐罐的大講堂，來到樓梯口。

普爾示意律師站在一邊聽著，他自己則放下蠟燭，顯然下了很大的決心才走上樓梯，舉起手，有點不確定地敲了敲那覆著紅絨毛氈布的密室門。

「先生，歐特森先生想見您。」他喊道；連他喊這句話的時候，也不忘再次用力示意律師靜靜聽著就好。

有個聲音從裡面傳來：「告訴他，我誰都不見。」口氣裡帶著抱怨。

「謝謝您，先生。」普爾說，聲音裡彷彿有種勝利的感覺。

他拿起蠟燭，領著歐特森先生回到院子，走進大廚房，廚房裡已經熄了火，甲蟲在地板上跳來跳去。

「先生，」他望著歐特森先生的眼睛，說：「那是我家老爺的聲音嗎？」

「好像變了很多啊。」律師回答，他也臉色發白，但努力迎上了管家的視線。

「是變了吧？嗯，沒錯，我也這麼覺得。」管家說，「我在這個人家裡待了二十年，難道還認不出他的聲音嗎？不，先生，老爺被人殺了。八天前，我們聽見他在呼喊上帝的名字，那時他就被殺了；至於現在冒充他的人是誰，爲什麼會繼續留在屋裡，就只有天知道了，歐特森先生！」

「這太奇怪了，普爾；這根本是天方夜譚，老兄。」歐特森先生咬著手指說，「假設事情正如你想像，傑基爾博士被——嗯，謀殺了，凶手有什麼理由留下來呢？這件事站不住腳，完全沒道理。」

「好吧，歐特森先生，您是個很難說服的人，但我會讓您相信的。」普爾說，「上個星期，整整一個星期的時間（這您一定知道），他，或者它，或者住在密室裡的那個什麼，日日夜夜哭著要一種藥，卻怎麼樣也弄不到合他心意的。有時候，他（就是我們家老爺）會把要的東西寫在一張紙上，然後扔在樓梯上。這個星期以來，我們什麼都沒見著，除了紙條以外，就只有一扇關得緊緊的門，還有我們放在那裡的餐點會在沒人注意的時候被悄悄拿了進去。嗯，先生，每天，而且一天內會出現兩三次紙條，上頭寫著他要的藥物和抱怨。我受命跑遍了城裡所有批發藥劑的公司。每次我把東西帶回來，都會有另一張紙叫我退貨，因爲東西不夠純，而且還有別的紙條要我跑另一家公司。他極度需要這種藥物，不計任何代價。」

「紙條，你還留著嗎？」歐特森先生問。

普爾摸了摸自己的口袋，掏出一張皺巴巴的紙條，律師彎腰湊近蠟燭，仔細看了一下。紙條上寫著：「傑基爾博士致莫氏公司諸位：博士向各位表明，貴公司最後提供的樣本，成分不純，對於目前的他毫無用處。在一八XX年時，傑基爾博士曾經從貴公司購買了一大批貨。他在此懇求貴公司以最審慎的態度仔細搜尋，如果還有相同品質的貨，請立即轉交給他，無須考量費用。這批貨對傑基爾博士的重要性無可比擬。」到目前爲止，這信的口氣還算從容；但之後，寫信人突然筆鋒一轉，情緒隨之爆發。「看在上帝的分上，」他接著寫道，「給我找些老樣本來。」

「這紙條很奇怪，」歐特森先生先是這麼說，隨即敏銳地問，「你怎麼會看見裡面的內容呢？」

「先生，莫氏公司的人很生氣，把紙條像扔髒東西一樣地扔回來給我。」普爾回答。

「就你所知，這紙條確實出自博士之手嗎？」律師繼續說。

「我覺得確實像，」管家說，聽起來很生氣，但馬上又換了一種口氣，「但這和筆跡有什麼關係？我已經見過他了！」

「見過他？」歐特森先生重複了一次。「怎麼回事？」

「沒錯！」普爾說，「是這樣的。那時，我突然從花園走進大講堂。他似乎溜了出來找這種藥物，或者這種東西，或者是某種什麼；因爲密室的門開著，他在房間最深處的一堆箱子裡挖東西。我一進去，他抬起頭，發出一種像號哭的聲音，然後就轉身奔回樓上的密室。我看見他的時間只有一分鐘，但這一分鐘卻讓我寒毛直豎。先生，如果那是我家老爺，爲什麼他臉上戴著面具？如果那是我家老爺，爲什麼他會像老鼠一樣尖叫，然後逃開？我服侍他都這麼久了。而且那人當時還停了一下，用手摸了摸自己的臉。」

「這些情況全都很奇怪，」歐特森先生說，「但我想我開始看見曙光了。普爾，你家老爺顯然得了一種既折磨人又會使人外型改變的疾病；所以，據我所知，他聲音變了；所以，他戴著面具，避開朋友；所以，他急著想找到這種藥，要是有這種藥，這個可憐的靈魂說不定最終還有康復的希望——上帝保佑這是眞的！這就是我的解釋；這眞令人難過，普爾，唉，想想就可怕；但事情很明白，極爲自然，完全串得起來，讓我們不至於受到太大的驚嚇。」

「先生，」管家轉過身來，臉色有些蒼白，「那傢伙不是我家老爺，這就是事實。我家老爺——」說到這裡，他看了周圍一圈，低聲說道，「體格高壯，這傢伙簡直像個侏儒。」

歐特森打算反駁。

「噢，先生，」普爾喊道，「你以爲，都二十年了，我還不認識我家老爺嗎？我這輩子每天早上都見到他，你以爲我不知道他的頭應該到門的哪個高度嗎？不，先生，那個戴面具的傢伙絕對不是傑基爾博士，是什麼只有天曉得，但絕不是傑基爾博士；我完全相信那是一起謀殺案。」

「普爾，」律師回答，「如果你這麼說，我就有責任確認一下，儘管我很不想傷害你家老爺的感情，儘管我對這張似乎能證明他還活著的紙條很困惑，但我認爲，我有責任破門而入，進去一探究竟。」

「啊，歐特森先生，說得眞好！」管家叫道。

「現在，第二個問題來了，」歐特森接著說，「誰來做這件事？」

「嘿，就您和我啊，先生。」管家毫無所懼地回答。

「說得好，」律師回道，「無論結果如何，我都會盡力讓你毫髮無傷。」

「大講堂裡有把斧頭，」普爾接著說，「您可以用廚房裡的撥火棍。」

律師拿起那根粗糙但很有分量的工具，用手掂了掂。

「你知不知道，普爾，」他抬起頭說，「你和我就要進入險境了？」

「可以這麼說，先生，確實是。」管家回答。

「那麼，我們應該更坦白一點，」律師說，「我們心裡想的遠比說出來的多，我們就說開了吧。你看見的那個戴面具的人，你認得出是誰嗎？」

「嗯，先生，他跑得太快，而且又弓著腰，我很難保證沒認錯，」管家回答，「但如果您指的是——海德先生？呃，是，我想是的！您看，那傢伙和海德先生的身材差不多，動作也一樣輕快，再說，還有誰能從實驗室那扇門進來呢？您沒忘記吧，先生，在那樁謀殺案發生時，他身上還帶著鑰匙呢。但事情不只是這樣。我不知道，歐特森先生，您見過這位海德先生嗎？」

「見過，」律師說，「我跟他說過一次話。」

「那您跟我們一樣，一定知道這位先生有點古怪，他身上有種——決定一個人氣質的東西，我不知道該怎麼形容才好，先生。只能說，那是一種，會讓你打從骨髓感到不明而發寒的東西。」

「坦白說，你描述的東西我也感覺到了。」歐特森先生說。

「就是這樣，先生。」普爾回答，「嗯，當那個戴面具的傢伙猴子似的從化學藥品堆裡跳出來，衝進密室的時候，我的脊梁骨就跟結了冰一樣。喔，我知道這稱不上證據，歐特森先生；我讀過的書還夠我明白這一點。但人是有感覺的；我跟您說，我敢按著聖經發誓——那個人就是海德先生！」

「嗯，嗯，」律師說：「我擔心的也是同一件事。我擔心，從這點看來，邪惡的禍事肯定非發生不可。嗯，真的，我相信你；我相信可憐的哈利被殺了，也相信殺害他的凶手，還潛伏在被害人的房間裡（至於爲什麼，只有天知道了）。好吧，讓我們去復仇。把布雷蕭叫來。」

門房應召而來，臉色死白，緊張得不得了。

「振作起來，布雷蕭。」律師說，「我知道，這種心懸在半天高的狀態，大家都很難受，但現在，我們打算了結它。普爾和我要闖進密室。如果一切順利，我想我的肩膀還夠寬，所有責任我來擔。同時，爲了避免眞的出差錯，或者有壞人從後院逃走，普爾，你跟那個孩子得各拿一根牢靠的棍子繞過拐角，守住實驗室門口。我們給你們十分鐘，各就各位。」

布雷蕭離開時，律師看了看錶。

「那麼，普爾，我們也往該去的地方去吧。」他說。然後，把撥火棍夾在腋下，帶頭走進了後院。

浮雲遮月，四周已經一片漆黑。風呼呼地吹進建築物圍起來的深井，燭光隨著他們的腳步來回搖晃，他們來到大講堂那棟樓的隱蔽處，坐下靜靜等待。周圍的倫敦一片死寂，靜得幾乎讓人耳鳴；但在一箭之隔的近處，卻有腳步聲打破了寂靜，那聲音在密室地板上來回走動。

「它會這樣走一整天，先生，」普爾低聲說，「嗯，甚至一整晚。只有藥劑師送新樣本來的時候，才會稍微停一會兒。啊，良心不安是沒辦法休息的！啊，先生，它每一步都流著污穢的血！但您再仔細聽聽，再靠近一點，用心聽，歐特森先生，告訴我，這是博士走路的方式嗎？」

那腳步落地時輕盈而古怪，稍微帶點搖擺，儘管速度很慢，卻確實不同於亨利．傑基爾沉重緩慢的行走方式。歐特森嘆了口氣。「難道沒有發生過別的事嗎？」他問。

普爾點點頭。「有一次，」他說，「我聽到它在哭！」

「哭？怎麼會？」律師突然感到一陣恐怖的寒意。

「那種哭法，就像個女人，或者不知該往何處去的靈魂。」管家說，「我走開的時候一直覺得，我也快要哭出來了。」

但這時，十分鐘的時限已到。普爾從一堆麥稈底下挖出了斧頭，把蠟燭放在離他們最近的桌上，爲進攻提供照明；他們屏住呼吸，往腳步聲所在之處前進，在深夜的寂靜中，腳步聲依然來回不停。

「傑基爾，」歐特森大聲喊道，「我要見你。」他停了一會兒，但沒有回應。

「我警告你，我們已經起了疑心，我非見你不可，也一定會見到你，」他繼續說，「如果正常方式見不到你，那就得來硬的——要是你不同意，我們就要用蠻力闖進去了！」

「歐特森，」那個聲音說，「看在上帝的分上，可憐可憐我吧！」

「啊，那不是傑基爾的聲音，是海德的！」歐特森喊道，「普爾，把門砸開！」

普爾掄起斧頭，高舉過肩後重重揮下；這一斧震得整棟屋子都在搖晃，覆著紅絨毛氈布的門跳了一下，撞上了鎖和絞鏈。密室裡響起淒厲的尖叫，簡直不像人，而是動物發出來的。斧頭再次砍下，門板又破了一點，門框彈跳了一下；普爾砍了四次，但那木頭十分結實，配件的做工也很精良；直到第五次下斧，門鎖總算劈開，殘破的門板向內倒在地毯上。

圍攻的兩人被自己製造出來的騷亂和成功後的寂靜嚇著了，他們向後退了一點，朝裡面張望。在無聲的燭光下，整個密室呈現在他們眼前，壁爐明亮的火焰還在燃燒，水壺發出細細的蒸氣聲，有一兩個抽屜開著，文件整齊地放在辦公桌上，離爐火更近的地方擺著茶具；任何人看了都會說，這是個最寧靜的房間，如果沒有那些裝滿化學藥劑的玻璃櫥櫃，說不定甚且是那天晚上倫敦最普通的一個房間。

密室中央躺著一個男人，身體嚴重扭曲，仍在抽搐。他們踮起腳尖走近，把他翻過來，看見了愛德華・海德的臉。他身上的衣服對他來說太大了，是博士的大號衣服；他臉上的肌肉還在絲絲抽動，彷彿還活著，但生命已經完全消失了；他手裡握著一只破藥瓶，空氣中飄著濃烈的杏仁味，歐特森知道，自己看見的是一具自殺者的屍體。

「我們來晚了，」他嚴肅地說，「不管這算是拯救還是懲罰，海德的帳都算是清了；我們接下來唯一要做的，就是去找你家老爺的遺體。」

大講堂和密室占了這棟建築的絕大部分空間，大講堂幾乎占去整個一樓，光線從上面照下來；密室的另一端形成二樓，從這裡可以看見院落。大講堂和大門之間有一條走廊，密室和大門之間另有一段樓梯連接。除此之外，還有幾個黑暗的儲藏室和一個寬敞的地窖。這些儲藏室他們都只需要看一眼，因爲裡頭都是空的，從門上掉落的灰塵看來，它們已經很久沒打開過了。地窖裡確實塞滿了各種廢物，大部分是傑基爾之前的那位外科醫生屋主時代留下來的東西；就在他們打開地窖門的時候，一張完美的蜘蛛網掉了下來，多年來，這張網一直封著入口，等於宣告了這兒也無須進一步搜查。

到處都找不到亨利・傑基爾，無論死活都毫無蹤跡。

普爾踩在走廊的石板上。「他一定是埋在這裡。」他細細聽著踩踏的聲響，說道。

「也說不定已經逃掉了。」歐特森說。

他轉身檢查街邊那扇門，門是鎖著的。

他們在附近的石板地面上發現了那把鑰匙，已經鏽跡斑斑。

「這看起來不像用過。」律師說。

「用過！」普爾回聲似的重複了一次。「您沒看見嗎，先生？這鑰匙壞了，簡直像被踩過一樣。」

「啊，」歐特森繼續說，「連斷裂的地方也全是鐵鏽。」

兩人驚愕地望著對方。

「普爾，這超出了我的理解範圍，」律師說，「我們回密室去吧。」

他們沉默地走上了樓，繼續徹底檢查密室裡的東西，不時帶著惶恐的目光瞟一眼屍體。有張桌子上留有化學藥品的痕跡，玻璃小碟上放著各種計量好的白色鹽狀物，像是要做實驗，但那個不開心的人卻沒能繼續做下去。

「這就是我一直幫他帶回來的藥物。」普爾說。

就在他說話時，水壺裡的水沸騰了，發出了驚人的響聲。

這把他們拉到了火爐邊，一把安樂椅舒適地放在那裡，茶具就放在坐著的人手肘邊，杯裡還放著糖。書架上有幾本書，其中一本打開放在茶具旁，歐特森驚訝地發現，那本書是傑基爾曾經多次大力推崇的虔誠宗教著作，上面卻寫著令人震驚的瀆神言詞，是他的親筆字跡。接著，在檢查房間時，他們來到橢圓穿衣鏡前，兩人向鏡子深處望去，不由自主地驚恐起來。但這時，鏡子只讓他們看見了屋頂上閃亮的玫瑰色光芒、玻璃櫥櫃表面不斷折射映出的上百道火光，以及他們自己白著一張臉，恐懼地彎腰向鏡裡張望的樣子。

「這面鏡子一定見過一些奇怪的東西，先生。」普爾低聲說道。

「最奇怪的肯定是這鏡子本身，」律師用同樣的口氣回答，「因爲，傑基爾生前——」他意識到自己用了什麼字眼，立刻改了過來：「傑基爾到底要這面鏡子做什麼呢？」他說。

「您說得對！」普爾說。

接著他們轉向辦公桌。桌上整齊擺放著一些文件，最上面放著一個大信封，信封上寫著歐特森先生的名字，是博士的筆跡。律師拆開信封，幾封信掉到地上。第一個信封是一份遺囑，用詞古怪，和他六個月前退還給博士的那份用詞相同，既是死亡時的遺囑，也是失蹤時的贈與契約；但遺囑上，愛德華·海德的名字被另一個名字取代了，律師萬分驚詫地唸出了那個名字——加百列·約翰·歐特森。他看了看普爾，又回頭看了看文件，最後看著那個躺在地毯上，已經死去的罪犯。

「我一點頭緒也沒有，」他說，「這段時間以來，這份東西一直在他手裡；他沒有理由喜歡我；他看見自己眾叛親離一定很憤怒，但他卻沒有銷毀這份文件。」

他拿起下一張紙；這是一張博士親筆寫下的簡短便箋，上方寫著日期。

「噢，普爾！」律師喊出聲來，「他還活著，今天還在這裡。他不可能在這麼短的時間內被處理掉；他一定還活著，他一定逃掉了！那，他爲什麼要逃？又是怎麼逃的？如果是這樣，我們可以大膽斷定這是自殺嗎？啊，我們必須謹愼，我有預感，我們可能會讓你家老爺捲入一場可怕的災難。」

「您爲什麼不讀一下呢，先生？」普爾問道。

「因爲我擔心，」律師嚴肅地回答，「願上帝保佑，我的擔心是多餘的！」說完，他把那張紙拿到眼前，讀了起來：

親愛的歐特森：

當這封信落到你手裡的時候，我應該已經失蹤了，至於是在什麼情況下失蹤的，我無法預知，但我的直覺和我難以形容的所有情況都告訴我，結局已經確定了，而且必將提前到來。那就來吧。先讀一下，蘭尼恩警告過我、說要交給你的那篇敘述；如果你還想聽更多，再看看你這不幸、不配作你朋友的人所寫的自白吧。

亨利・傑基爾

「還有第三個信封吧。」歐特森問。

「在這兒，先生。」普爾說，一邊把一個好幾處都用火漆密封起來了的大紙包，交到他手裡。

律師把紙包放進口袋。

「我不會提起這份東西。如果你家老爺逃掉了，或者死了，至少我們還可以保住他的名聲。現在已經十點了，我得回家靜靜地讀這些文件，但我會在午夜之前回來，那時我們就要派人去叫警察了。」

他們出去了，鎖上了身後大講堂的門。

歐特森再次離開了圍在大廳火爐邊的僕人們，腳步沉重地回到辦公室，準備閱讀這兩份即將解開整個謎團的陳述。

第九章　蘭尼恩醫生的陳述

一月九日，也就是此刻的四天前，我在傍晚收到一封掛號信，是我的同行兼老同學亨利．傑基爾寄來的。我對此非常驚訝，因爲我們向來沒有通信的習慣；事實上，我前一天晚上才見過這個人，還和他一起吃了飯；我想像不出我們之間有什麼值得發掛號信的事。信的內容卻讓我更爲吃驚，因爲內容是這樣的：

一八XX年十二月十日

親愛的蘭尼恩：

你是我交往最久的幾個老朋友之一；儘管我們在科學問題上偶有分歧，但至少在我記憶中，我們之前的情誼從未有過任何裂痕。要是你對我說：「傑基爾，我的生命、我的榮譽、我的理智，都靠你了。」我絕對會幫助你，即使要犧牲我的財產或一隻左手也在所不惜。蘭尼恩，我的生命、我的榮譽、我的理智，如今全在你一念之間；如果今晚你讓我失望，我就完了。也許你會認爲在這番話之後，我會要求你答應一些不光彩的事。這你就自行判斷吧。

我要你把今晚所有的約會都延後（是的，就算有皇帝召你到床邊去也一樣），搭上出租馬車（除非你的馬車這時就在門口），然後，拿著這封以備查看的信直接到我家來。我的管家普爾向來奉命行事，你會發現他正和一個鎖匠一起等著你。

接著，撬開我密室的門，你一個人進去，打開左手邊的玻璃櫃（上頭寫著字母E），如果櫥櫃鎖上了，就把鎖撬開，然後把上面算來第四個抽屜，或者下面算來第三個抽屜（指的是同一個），連同裡面的東西一起拉出來。在我極度痛苦的腦海中，我無比懼怕自己給你指錯了地方，但即使我錯了，你也可以根據裡面的東西判斷抽屜正不正確，裡面的東西是——一些粉末、一個小藥瓶，和一本本子。請把這個抽屜原封不動地帶回卡文迪許廣場。

這是要拜託你的第一個部分。以下是第二個部分。如果你一接到信就立刻出發，那麼你應該不到午夜就能早早回到家了；但我之所以要你把這麼長的時間給留下來，不只是擔心會碰上無法避免也無法預料的障礙，也因爲這時你的僕人都睡了，更適合去做接下來要做的事。

接下來，午夜時分，我必須請你一個人待在你的診療室，親自讓一個以我的名義前來的人進屋，並且把你從我櫥櫃帶出來的那個抽屜交給他。這樣，你就完成了你的任務，我會感激不盡。如果你堅持要一個解釋，五分鐘之後，你就會明白，這些安排都極爲重要；如果忽略了其中一個，儘管看起來很荒謬，但你可能會因爲我的死或理智毀滅而遭受良心的譴責。

儘管我相信你不會忽視我的請求，但只要一想到有這種可能，我的心就不禁沉到谷底，且雙手爲之顫抖。想想，此刻的我，身在一個陌生的地方，忍受著難以想像的痛苦，然而我很清楚，只要你能按照時間的安排來爲我做這些事，我的煩惱就會像一個說完了的故事一樣煙消雲散。親愛的蘭尼恩，請幫我做這件事，拯救你的朋友。

H・J

又，在我封好了信封之後，一輪新的恐怖感又襲擊了我的靈魂。說不定，郵局會讓我失望，這信得明天早上才會到你手裡。如果是這樣的話，親愛的蘭尼恩，請你在白天最方便的時候幫我做這件事，半夜再等待我派去的人吧。也許到那時已經太晚了；如果那天晚上什麼事情也沒發生，你就會知道，你已經見到亨利・傑基爾的最後一面了。

一看完這封信，我就確定我這位同行瘋了；但在這一點得到確切證實之前，我覺得我有義務按照他的要求去做。我對這齣鬧劇了解得越少，就越沒有辦法判斷它的重要性。而且一封使用這種措辭的懇求信也不能置之不理，否則就得承擔起重大的責任。於是我立刻從桌邊起身，坐上馬車直奔傑基爾的家。

管家正在等我；他和我一樣，收到了一封以掛號寄上的指示信，於是立刻派人去找了鎖匠和木匠。我們話還沒說完，工匠們就來了，我們一群人來到了以前登曼醫生的講堂，從那裡（你肯定知道），進入傑基爾的私人密室是最方便的。門很結實，鎖也很牢靠；木匠說，如果要用蠻力，他就麻煩了，而且損失一定很大；鎖匠也近乎絕望。但他這人手很巧，經過兩個小時的努力，門終於打開了。標著「E」的櫥櫃沒有上鎖；我拉出抽屜，用麥稈塡滿，再用一條床單捆起來，然後帶著它回到卡文迪許廣場。

回來之後，我開始檢查抽屜裡面的東西。這些粉末做得已經夠好了，但仍然沒有配藥的藥劑師做得那麼精細；很顯然，這是傑基爾自己做的；我打開其中一個紙包，發現裡面是一種白色的簡單結晶鹽，至少在我看來是這樣。接著，我將目光轉向那只小藥瓶，裡面大約裝了半瓶血紅色的液體，氣味非常刺鼻，我想裡面可能含有磷和一些揮發性的乙醚，至於其他成分，我無從猜測。

本子是一本普通的記事本，除了一整排日期之外幾乎沒有其他內容。

這些日期橫跨了好幾年的時間，但我注意到，記事在大約一年前突然停止。日期後面不時出現簡短的備註，通常不超過一個單字；在總計幾百條的紀錄中，「加倍」可能出現了六次；還有一個記載，在很早期就出現了，後面跟著好幾個驚嘆號——「徹底失敗！！！」。這一切雖然激起了我的好奇，卻無從得知任何確切的事。

這裡有一小瓶酊劑、一張包著某種鹽類的紙，還有一連串實驗記錄，這些實驗的結果（就如同傑基爾的許多研究一樣），都具有無盡的實用價值。這些東西出現在我家裡，怎麼會影響到我這位任性同行的名譽、理智或生命呢？如果他派遣的人可以去一個地方，爲什麼不能去另一個地方？就算認爲這當中有些阻礙，爲什麼是我得祕密接待這位先生呢？我越想，越確信自己是在處理一個有腦疾的患者；雖然我把僕人們都打發去睡了，但我還是給一把舊左輪手槍上了子彈，要是有什麼事，也許能讓對方發現肌肉發達卻顯然體質虛弱的不尋常組合，以及因爲有他在身邊、讓人生出的一股發自內心的怪異煩躁不安（不能說，最後這一點最不重要）——這和最初期的僵直症有點類似，並伴隨著明顯的脈搏下沉；當時，我把它歸因於某種特殊的個人厭惡，只是，我對這症狀程度之激烈感到驚訝；但從那之後，我有理由相信，原因其實藏在人類本性中更深層的地方，而且是某種比好惡標準更崇高的關鍵點。

從這個人一進門那刻起，我就對他產生了一股只能用噁心來形容的好奇心——他的穿著會讓普通人覺得可笑；意思是，他的衣服雖然都是厚實而素淡的好料子，但無論從那個角度看，對他來說都大得離譜——褲襠掛在腿間，褲管捲了起來以免拖到地上，大衣的腰部比他的屁股還低，衣領寬寬地垮在他肩上。說來也怪，這滑稽的裝扮並沒有讓我笑出來。相反的，由於此刻面對我的這個生物，本質中存在著某種反常和不正當的東西

（某種令人著迷、驚訝又反感的東西），這種前所未有的反差似乎正適合它，而且還強化了它；因此，除了對這個人的本質和個性感興趣之外，我對他的出身、他的生活，以及他在這個世界上的財富和地位也產生了好奇。

這些觀察，我雖然用了很大的篇幅來描述，但也不過是幾秒鐘之間的事。

這位訪客當時雖然沉著一張臉，其實心情非常激動。

「拿到了嗎？」他喊道，「你拿到東西了嗎？」他急不可耐，甚至抓著我的手臂，打算搖晃我。

我把他的手甩開，因爲我感覺他的碰觸像是某種寒冰，沿著我的血液一路流去，凍得我發疼。

「來吧，先生。」我說，「你忘了，我還沒有榮幸認識你呢。請坐。」

我做了個動作示意，自己也在平時坐的位置坐下，盡可能仿效我平時看病的樣子——出於時間已經晚了、對這件事性質的關注，以及我對這位訪客感到恐懼的關係，讓我不得不這樣做。

「抱歉，蘭尼恩醫生，」他回答，態度相當客氣。「您說得很有道理，我已經急得沒有禮貌了。我是受您的同行亨利．傑基爾博士之託來這裡的，爲了一件要緊的事；就我所知……」他停了停，把手放在喉嚨處，儘管他神情鎮定，但我看得出來，他正在和歇斯底里的情緒搏鬥——「就我所知，是一個抽屜……」

看著來訪的人如此焦急，我這時也不禁心生憐憫，或許這當中也摻雜了我越來越強烈的好奇心。

「就在那兒，先生。」我指著抽屜說。

那東西就放在桌子後面的地上，上面還蓋著床單。

他一躍而起，奔向抽屜，然後又突然停住，把手按在自己的心臟上；我聽見他的牙齒隨著抽搐的下巴咯吱作響；他的臉色蒼白得嚇人，我不禁為他的生命和理智感到擔憂。

「冷靜一點。」我說。

他對我露出可怕的微笑，然後似乎一臉絕望地決定掀開床單。一看見裡面的東西，他大聲抽泣起來，像是鬆了極大的一口氣，我坐在哪兒，整個人嚇呆了。然而下一刻，他又用一種已經控制得相當好的口氣問：「你有量杯嗎？」

我花了一點力氣才從座位上站起來，把他要的東西交給他。

他微笑點點頭，向我表示感謝，接著他量了幾毫升紅色酊劑，又加了一點藥粉。那混合物一開始呈淡紅色，隨著晶體逐漸融化，顏色越來越亮，氣泡聲清晰可聞，還冒出了一些蒸氣。接著突然間，沸騰停止了，化合物同時變成了深紫色，又慢慢地變成水綠色。這位訪客目光敏銳地觀察著一切變化，臉上露出微笑，把量杯放在桌上，然後轉過身來，用審視的神情看著我。

「現在，」他說，「來解決剩下的問題吧。你會放聰明點？還是會被人牽著鼻子走呢？你會讓我拿著這只量杯離開你家，不再多說什麼，還是屈服在你貪婪的好奇心之下呢？回答之前，請好好想一想，因爲一切取決於你。你做下決定之後，可能會跟以前一樣，既不會更富有，也不會更聰明，除非你是把協助一個身陷致命災難之人的這種成就感當成靈魂的某種財富。或者，如果你願意做出另一個選擇，那麼，一個新的知識領域，一條通往名望和權力的新途徑，將在這裡，在這個房間裡，瞬間向你敞開；你的視野將爲一個奇蹟所震撼，讓不信撒旦的人瞠目結舌。」

「先生，」我故做鎮定地說，「你在打啞謎，你這些話在我聽來毫無意義，也許你對此並不意外。但我爲了幫這場莫名其妙的忙已經介入得太深，在看見結局之前，我不能停下來。」

「很好，」訪客答道，「蘭尼恩，記住你的誓言；接下來發生的事，是我們這一行的祕密。現在，你們這些長久以來被最狹隘、也最物質的觀點束縛，否認超自然醫學力量，嘲笑比你們優秀的人的傢伙——看著吧！」

他把量杯放到嘴邊，一飲而盡。接著是一聲大叫；他搖搖晃晃，腳步踉蹌，緊緊抓住桌邊撐著，瞪大了受藥物影響的眼睛，張嘴喘著粗氣；我看著眼前的景象，心裡想著，有變化出現了——他好像在膨脹（他的臉突然變黑，五官彷彿融化，變了一個樣），下一刻，我已經跳了起來，猛退到牆邊，舉起手臂保護自己不受那個奇蹟傷害，我的心完全被恐懼淹沒了。

「天哪！」我尖叫，「噢，天哪！」我一次又一次地喊著；因爲，在我眼前站著的那個蒼白、顫抖、半昏迷、伸出雙手摸索，像個死而復生的人，是——亨利·傑基爾！

接下來的一個小時裡，他告訴我的所有事情，我都無法形諸文字。我眼前所見的一切，耳中所聽的一切，靈魂都爲之作嘔；然而，如今，當那景象從我眼前消失之後，我問自己相不相信，卻無法回答。我生命的根本已經動搖；我無法入睡；最致命的恐懼日日夜夜無時不在我身邊；我覺得我日子不多了，我必須死；然而，我至死也難以置信。

至於那人向我揭露的道德敗壞之舉，即使當時他流著懺悔的淚水，就算我只是回想，也覺得驚恐萬狀。歐特森，我只說一件事，光是這一件

第十章　亨利・傑基爾對本案的陳述全文

我生於一八XX年，家境殷實，天生身體健壯，勤奮好學，喜歡在同輩當中獲得聰明人和好人的尊敬，因此，正如一般人所能想像的，我擁有了邁向光燦前景的一切保證。

事實上，我最大的缺點是，我個性中有股急躁的歡樂特質，這種性格曾經帶給許多人幸福，我卻發現很難與我傲慢的慾望相容。所以，在公眾面前，我總是昂著頭，擺出一副比一般人更嚴肅的樣子，結果是——我隱藏了自己快樂的那一面。

當我到了深思熟慮的年紀，開始環顧四周，審視自己在這個世界上的進展和地位時，我已然深陷在表裡不一的生活中無法自拔了。這樣的不正常，對很多人來說也許會引以爲榮，我卻有著很深的罪惡感；但就自身所設定的遠大前景來說，我只能用近乎病態的羞恥心來看待並隱瞞這件事。因此，與其說我的缺點當中有什麼特別致命之處，不如說，是我對個人抱負的苛求形塑了我，並在我身上劃下了一道比大多數人更深的溝壑，讓人類善惡雙重本性之間那條相互區隔與連結的界線徹底斷裂。

在這種情況下，我不得不深刻反思起生命的殘酷法則，這是宗教的根本，也是無盡痛苦的泉源。儘管我是個百分之百的雙面人，卻絕非僞君子。我的這兩面都是非常認眞的——當我鬆開束縛，陷入羞愧時，我就不再是我自己了；而當我在白天努力增進知識或減輕悲傷痛苦時，也是一樣。

巧的是，我的科學研究方向完全走向了神祕和超自然主義，這在我和同儕之間從未間斷過的意識之爭產生了反應，並且帶來了相當大的啓發。我就這樣，從自己智慧的兩面（道德與理智），一天天穩步地接近眞理——那個，我只發現了一部分、就注定要遭遇如此可怖災難的眞理，也就是，人，事實上並非只有單一一面，而有雙重面貌。我說雙重，是因爲我自己的認知只能到達這裡。但其他人會遵循同樣的路線去想、去做，並且超越我；我大膽預測，最終我們將會知道，人，不過是一個由各式各樣、彼此不協調，且各自獨立的常存成分，所組成的實體。

就我而言，從我生命的本質觀之，我始終朝著一個方向、而且是唯一的方向前進。正是在道德層面，我從自己身上學會去意識到人類徹底而原始的雙重性；我發現，在自己的意識領域中，有兩種本性在彼此抗爭，就算我能正確地聽從指示成爲其中一種，也只是因爲我從根本上就兩者兼具；從很久以前，甚至，早在我科學探索的過程開始暗示這種奇蹟最直接的可能性之前，我就像在做一場喜愛的白日夢般，愉快地學會了該如何將它們分割開來的思考。

我告訴自己，如果每個人都能夠讓這兩種本性分室而居，那麼生命中所有難以忍受的事都能獲得緩解；不正派的人也許可以選擇自己的路，擺脫他正直的雙胞兄弟帶來的渴望和悔恨；正直的人也可以在向上的道路上堅定而安全地前進，做各種他能從中找到樂趣的善事，不必再蒙受天外飛來的邪惡之手所帶來的羞辱與悔恨。這對不協調的柴捆居然這樣綁在一起，這是人類的詛咒——在痛苦的意識子宮裡，這對兩極化的雙胞胎應該一直在苦苦掙扎吧。那麼，要怎樣才能讓它們分開呢？

就像我之前說的，我一直在竭力思索著，而就在此時，實驗桌上獲得的成果開始從另一個方向照亮了這個主題。我開始比過去任何時候都深切地意識到一件從未被提及的事，我們行走時套著的那個看似堅固的軀體，其實是一種脆弱的無形之物，如霧般轉瞬即逝，而我發現有些特定的化合物有能力撼動、扯掉那件肉體外衣，就像一陣能掀開亭子簾幕的風一樣。但出於兩個充分的理由，我不會深入說明我供述中的科學細節。

首先，我必須承認，我們永遠逃不開生命中的厄運和重擔，要是我們試圖擺脫，它只會以令人更不熟悉的模樣，帶著更可怕的壓力回到我們身上。第二，正如我的供述即將說明的，唉，很顯然，我的發現並不完整。繼而，確實，我不但意識到了這自然之軀的精神僅僅是由某些光暈和光輝的力量構建而成，還設法合成了一種藥物。透過這種藥物，可以讓這些力量從至高無上的位置退下，以另一種外型和容貌取代；對我來說，這其實也沒那麼不自然，因爲它們表現的是我靈魂中比較低等的特質。

我猶豫了很久才把這個理論付諸實行。我很清楚自己冒著生命的危險；因爲能這樣強力控制、並動搖天性堡壘的藥物，無論哪一種，都可能因爲一不小心而服用過量，或者在顯現的那一刻出了任何差錯，就會把我所計畫改變的那個無足輕重的軀體徹底抹煞。這樣奇特而深刻的發現，它的誘惑最終還是戰勝了警告的暗示。我早就把藥劑準備好了；立刻從一家化學批發公司大量購買了某種特殊鹽類，根據實驗結果，我知道這是最後一種所需的原料。在某個該死的深夜，我把這些成分混在一起，看著它們在玻璃量杯裡一起沸騰，冒煙，並在沸騰止息後，鼓起莫大的勇氣，喝下了那些藥劑。

最折磨人的痛苦一個個爆發——椎心刺骨的劇痛、難忍的噁心，連出生或死亡那一刻都無法超越的精神恐懼。然後，這些痛苦開始迅速消退，我恢復了自我，彷彿大病初癒。我感覺到一些奇怪的東西，一種難以形容的新東西，而且因爲這前所未有的新，它簡直美好得難以置信。我覺得身體變得更年輕、更輕盈、更快樂了；我意識到心裡有一股令人陶醉的魯莽，一連串混亂的感官意象在我想像中如磨坊水流似的奔湧，一種鬆開了義務束縛的解脫，一種不知爲何物卻飽於世故的靈魂自由。我知道，在這個新生命吸進第一口氣時，我變得更邪惡了，比原來的我邪惡十倍，我出賣自己給自己原生的惡魔爲奴；在那一刻，這個想法像美酒一樣撐住了我，讓我快樂。我伸出雙手，因這些新奇的感覺而狂喜；在做這個動作的時候，我突然意識到，我變矮了。

那時，我房間裡還沒有鏡子；現在立在我身邊的東西，是爲了這些轉變所需，之後才搬到這裡來的。然而，這時夜已極深，即將進入黎明（也就是，天色雖然還是黑的，但已經幾乎做好了白天來臨的準備），我家裡所有的人都被囚禁在最嚴實的睡眠中；由於希望和勝利，我興奮得滿臉通紅，我決定以全新的外貌冒險回我的臥室去。我穿過庭院，頭上的眾星俯視著我，我可以想像它們有多驚訝，它們不眠不休地警戒了這麼久，還是頭一次看見這樣的生物；我偷偷穿過走廊，屋子裡出現了一個陌生人；我走進我的房間，第一次看見了愛德華・海德。

在這裡，我只能憑理論說話，說的不是我所知道的，而是我認爲最有可能的。我天性中邪惡的那一面，現在雖然被我賦予了強大的力量，卻沒有我剛罷黜的善良那樣強健而發達。再說，畢竟我這一輩子，有十分之九的時間都是在努力、美德和自律中度過，所以它缺乏鍛鍊，更少有筋疲力盡的時候。我想，正因爲如此，愛德華・海德比亨利・傑基爾的個子矮得多，更瘦，也更年輕。

正如善良照亮了傑基爾的面容一般，邪惡也明白清晰地寫在海德臉上。除此之外，邪惡（我仍然相信這是人類致命的一面），還在那具軀體上留下了畸形和腐朽的印記。然而，當我看著鏡子裡那個醜陋的形象時，並不覺得厭惡，反而有種欣然接受的雀躍感。這也是我自己。它看起來很自然，也很人性化。在我眼裡，它擁有更具生氣的精神形象，比我一直以來很習慣的那個分裂而有缺陷的面孔，更明確，更單一。到目前爲止，毫無疑問，我是對的。我注意到，當我套上愛德華・海德的外表時，所有人一接近我，都會對我的軀體產生明顯的疑慮。我覺得，這是因爲我們遇到的每個人都是由善惡結合而成的，在人類當中，只有愛德華・海德這一個人，是純粹的邪惡。

我只在鏡子前逗留了一會兒，因爲第二個、也是決定性的實驗還有待觀察——我是不是已經失去了原來的身分，無法挽回，所以必須在天亮前逃離一棟不再屬於我的房子。我匆匆回到密室，再次配好了藥劑，喝下量杯裡的東西，又一次忍受了溶解般的痛苦，然後我再度變回了那個有著亨利・傑基爾性格、身材和面孔的自己。

那天晚上，我來到了致命的交叉路口。如果我是以一種更高尚的精神去處理我的發現，如果我是在仁厚或說端正的統御之下從事冒險嘗試，一切肯定都是另一回事了，我從這些生死交織痛苦中孕育出的會是一個天使，而不是一個惡魔。藥物沒有歧視作用；它既不邪惡，也不神聖；它只是撼動了囚禁我個性的監獄大門，讓原本站在裡頭的東西跑了出來，就像在腓立比[1]被關押的人一樣。那時，我的美德沉睡了，我的邪惡因野心而保持清醒，警覺而迅速地抓住了機會；當時放出來的東西，就是愛德華・海德。因此，儘管我現在有兩種性格、兩種外表，其中一種是徹底的邪惡，但另一個依然是原來的亨利・傑基爾（一個不協調的混合體，而我已然對他的那些改良、改造絕望了）。於是，形勢便完全朝著更壞的方向發展下去。

即使到了那個時候，我也還沒完全克服對枯燥研究生活的厭惡——偶爾還是會想盡情玩樂，只是，尋歡作樂這種事（即便只是最低限度地去從事），對我來說，也不怎麼體面；畢竟我不但有名，受人重視，年紀也越來越大，生命中的這種不協調一致，一天比一天更難讓人接受。而在這一方，我的新力量不斷誘惑著我，直到我淪爲它的奴隸。我只要把杯裡的東西喝了，就能立刻脫下名教授的軀殼，換上愛德華・海德的身體，好像披上一件厚斗篷一樣。想到這裡，我忍不住微笑了；當時，我覺得這想法眞是幽默。

我認眞地做好了準備工作——把海德被警察追蹤到的蘇活區那棟房子租下來，備好家具，雇了一個我很清楚不會亂說話但沒什麼道德感的女管家。另一方面，我跟僕人們宣布，有位海德先生（我前面描述過的那

1 腓立比（Philippi）：使徒保羅第一次在歐洲土地上的講道之處。在腓立比時，他驅逐了一個行巫術的使女身上的邪靈，引起全城大騷亂，保羅和西拉被眾人棍擊且被捕。一場地震打開了監牢的門。禁卒醒來，以為犯人已經逃走，準備自殺。保羅阻止了他，說所有犯人都還在。禁卒於是成為歐洲最早的基督徒之一。

位），在我院落那兒的房子裡將享有完全的自由和權力；而且，爲了避免出意外，我甚至讓自己化身成這第二身分的熟人。接著，我草擬了那份你極力反對的遺囑；這麼一來，要是傑基爾博士的身分發生了什麼事，我就能以愛德華・海德的身分出現，而不會有任何經濟損失。我料想自己在各方面都加以防範了，就要開始從這處境下所衍生出的奇特豁免權得到好處了。

以前，人們會雇用暴徒去犯罪，讓自己的人格和名譽躲在掩護後面。我是第一個爲了快樂這樣做的人。我也是第一個能夠帶著和藹的高尚外表，擲地有聲地行走在公眾面前，而轉眼間，又能像小學生一樣脫下這些借用來的東西，一頭鑽進自由之海的人。然而對我來說，在我堅不可摧的斗篷底下，我是絕對安全的。想想——我根本不存在啊！只要我逃進實驗室那扇門，給我一兩秒鐘的時間，把我一直備著的藥劑混好，喝下去；接著，不管愛德華・海德做了什麼，他都會像呼在鏡子上的一口氣一樣消失；取而代之的是亨利・傑基爾，他靜靜地待在家裡，在書房修剪著夜燈的燈芯，嘲笑所有的懷疑。

正如我之前說過的，我僞裝起自己所尋求的須臾歡樂，並不體面，但再怎麼說也僅止於不體面。可到了愛德華・海德手中，歡樂很快就變得醜惡。當我從這些個短途小旅行回來之後，我常常爲那份事不關己的敗德感，生出訝異。這個我從自己靈魂中召喚出來、單獨派遣他去實現快樂願望的，是個天生惡毒卑劣的傢伙；他所有的行爲和思想都以自我爲中心；以野獸般的貪婪享受著程度不一的折磨，從一個到另一個，就像鐵石心腸那樣無情。亨利・傑基爾有時也會被愛德華・海德的行爲嚇呆；但這種情況脫離了一般的法律，他也不知不覺地鬆綁了良心的控制。畢竟，犯罪的是海德，而且也只有海德。傑基爾一點也沒變壞；他再次意識到自己的好人品似乎並沒有受損；只要可能，他甚至會盡快消除海德犯下的壞事。他的良心就這樣沉睡了。

我並不打算說出我所縱容的那些惡行的細節（即使到了現在，我也不敢承認是我犯下的），只是想指明，懲罰來臨之前出現的那些警訊，以及漸漸逼近的腳步。我碰上了一次意外，因爲並沒有造成什麼後果，所以我只稍微提一下。我對一個孩子的殘忍行爲引起了一個路人的憤怒，前一陣子我才認出他是你的親戚。後來，醫生和孩子的家人也來了；那時，我有幾次很擔心自己會有生命危險；最後，爲了平息他們再正當不過的怨憤之情，愛德華．海德只好把他們帶到門口，用亨利．傑基爾的名義開支票付錢給他們。不過這種危險的事，只要用愛德華．海德本人的名義在另一家銀行開個帳戶，將來就不會再發生了。當我刻意朝另一個方向斜著手，爲我的替身簽下名字時，我以爲我已經擺脫了命運的擺布。

大約在丹佛斯爵士被殺兩個月前，我出門冒險了一次，很晚才回來，第二天在床上醒來時，感覺有點奇怪。我看了看四周，毫無頭緒；沒看見院落房子裡體面的家具和高大的房間，也認不出床帳的圖案和紅木床架的紋飾；有些東西一直努力在提醒我，我看似在這裡醒來，卻並不是我之前所在的地方，而是在蘇活區的那個小房間——當我在愛德華・海德的身體裡時，我習慣睡在那裡。

我暗自笑了，然後，開始用我熟悉的心理學方式懶洋洋地探究起構成這種錯覺的要素，但即使我已經開始思考了，偶爾還是會掉回清晨舒適的小睡裡。在思考與睡著的醒醒睡睡之際，某一次在不怎麼睡得著的瞬間，我的目光落到了自己的手上——亨利・傑基爾的手，原本大而厚實、白皙漂亮，（正如你常說的），是形狀和大小都很專業的手；然而，這時，在倫敦市中心拂曉的黃色光線下，已能清楚看到那隻半攏著擱在床上，覆著濃密的黑色毛髮，乾瘦、有稜有角、指關節突出、黯淡蒼白的手，那是愛德華·海德的手。

我愣愣地望著它，整個人陷入過度的驚呆狀態下想必有半分鐘之久，直到鐃鈸般的尖叫聲突然在胸口響起，震驚了我。我從床上跳起來，衝向鏡子。看到眼前的景象，我的血液變得稀薄而冰冷。是的，我上床的時候是亨利·傑基爾，醒來的時候卻已成了愛德華·海德。這該怎麼解釋？我問我自己；然後，是另一陣恐懼——該怎麼補救？

現在天色已然全亮，僕人們都起床了，我所有的藥劑都在密室裡（從我站著嚇呆了的地方開始，得走好長一段路，下兩層樓梯，經過後院的通道，穿過露天庭院，再穿過解剖學講堂，才能到）。把臉遮起來也許可行；但在身材變化無法遮掩的情況下，遮臉又有什麼用呢？然後，我突然想起僕人們已經習慣了第二個我的來來去去，心中瞬間感到無比如釋重負。我很快換好了衣服，盡可能把我原有尺寸的衣服穿上身；不久，我就穿過了自己家的房子，布雷蕭在這個時間看見海德先生穿著這樣奇怪的衣服，不由得瞪大眼睛倒退了一步。十分鐘後，傑基爾博士就恢復了自己的樣子，皺著眉頭坐下，假裝在吃早餐。

我其實沒什麼胃口。這個無法解釋的事件，和我之前的經歷截然相反，有如出現在巴比倫皇宮牆上的那根手指一樣，拼寫出了對我加以審判的字跡[2]；我開始比以往任何時候都認眞地思考起我雙重存在的問題和可

2《聖經》〈但以理書〉第五章記載，巴比倫最後一個國王伯沙撒在宮中狂歡時，牆壁附近突然出現了一隻手，在牆上寫下四個簡單而神祕的字。國王召來但以理，但以理解釋：「所寫的文字是『彌尼，彌尼，提客勒，毗勒斯』，講解是這樣—彌尼，就是上帝已經數算你國的年日，將到此完畢。提客勒，就是你被稱在天平裡，顯出你的虧欠。毗勒斯，就是你的國分裂，歸與瑪代人和波斯人。」

行性。

最近，我所投射出來的那部分自我獲得了相當大的鍛鍊和滋養。我覺得愛德華・海德的身體最近似乎變大了，（當我套進他的身體時）也似乎感覺到了更強大的血流。我開始察覺到一種危險，要是這種情況持續太久，我本性中的那份平衡可能會被徹底推翻，會喪失那股自發性產生變化的力量，愛德華・海德的性格也會不可逆地變成我的性格。這種藥物每次產生的效力並不完全一樣。有一次，在我剛開始進行不久，藥物完全無效；從那之後，我不止一次被迫將藥量加倍，有一次甚至冒著極大的死亡風險加到三倍。到目前爲止，這些罕見的不確定性成了我心滿意足之下唯一的陰影。然而現在，由於那天早上發生的意外，我必須說，儘管一開始的困難之處在於如何擺脫傑基爾的軀體，但最近事情已逐漸而確切地轉向了另一邊。因此，一切似乎都指向這一點——我正慢慢在失去原本那個更好的自我，慢慢地，和我的第二個、也就是更壞的那個自我融爲一體。

現在我覺得，我必須在這兩者之間做出選擇。我這兩種性格有共同的記憶，但它們之間其他的能力卻分配得極不平等。如今的傑基爾（他是個混合體），擁有最敏感的憂慮之情、貪婪的熱情，並且投射給了海德，分享著海德的快樂和冒險。但海德對傑基爾漠不關心，或者只是像山賊一樣，在需要山洞躲避追捕時才會想起他。傑基爾的關心遠超過一個做父親的；海德的冷漠也遠超過一個做兒子該有的。

把我的命運交給傑基爾，會斷絕了我長期以來祕密耽溺著、最近才開始放縱的慾望。把命運交給海德，會斷絕我數不盡的好處和野心抱負，且即刻而永遠地被鄙視，眾叛親離。

這筆交易看起來也許已經不平等了，但在天平上還有另一項考量因素；因爲當傑基爾在禁慾的火焰中忍受劇烈的苦楚時，海德甚至意識不到他失去了什麼。我的處境雖然奇怪，盤算的東西卻和有人類以來一樣古老而平凡；任何受到誘惑、搖擺不定的罪人，面對的都是相同的引誘和警告；我也和我的絕大多數同伴一樣，選擇了更好的那一面，卻發現自己沒有堅持下去的力量。

是的，我更喜歡那個有了點年紀、內心得不到滿足的博士，他身邊有朋友，懷著眞誠的盼望；在海德的僞裝下，我所享受到的自由、相較之下的年輕、輕盈的步伐、躍然的衝動和不爲人知的快樂，我決定向這一切徹底告別。我做出這個選擇時也許還有某些無意識的保留，因爲我並沒有退掉蘇活區的房子，也沒有毀掉愛德華．海德的衣服，那些衣服還放在我的密室裡。然而，我堅持了自己的決定大約兩個月之久；在這兩個月當中，我過著前所未有的坦率生活，享受著良心所認可的補償。但是，到了最後，時間漸漸抹去最初的擔憂，開始覺得良心的讚揚理所當然；痛苦和渴望開始折磨我，有如海德爲了要自由而拚命掙扎；最後，在某個精神脆弱的時刻，我再次混合了藥劑，喝下那杯變身藥水。

我想，當一個酒鬼爲自己的惡習自我辯解時，五百次裡也不會有一次考慮到那殘酷的肉體麻木會帶來多危險的影響；同樣的，當我評估自己的處境時，我也沒有對愛德華·海德的主要性格有足夠的考量，他對道德完全無感，對邪惡無知無覺。正是這一點懲罰了我。我的魔鬼在籠裡關得太久，它咆哮著出來了。即使吃了藥之後，我也意識到有股邪惡跡象正在變得更肆無忌憚、更狂暴。

我想，一定是它在我靈魂裡作怪，讓我在聽見不幸的被害人禮貌問路時不耐煩地暴跳如雷；至少我可以在上帝面前聲明，沒有哪個精神健全的人會因爲這種微不足道的挑釁就犯下這樣的罪行；我攻擊那人的時候，精神狀態並不比一個摔玩具的生病孩子清醒到哪去。但我已經自願放棄了所有平衡的本能，即使是我們當中最壞的人，也會憑藉這種本能在誘惑中保持某種程度的穩定，繼續前行；而對我來說，只要受到誘惑，那怕是最輕微的誘惑，都是萬劫不復。地獄之靈立刻在我身體裡甦醒，勃然大怒。我興高采烈地撕打著那無力反抗的軀體，品嘗著每一次痛擊帶來的快感；直到疲倦開始占上風，我突然感覺到一陣男高音的冰冷顫音，在我狂亂到極點的時候穿透了我的心臟。霧散了；我發現我就要爲這件事償命了，於是我逃離了暴行現場，既得意又恐懼，我邪惡的慾望獲得了滿足和刺激，而我對生命的熱愛也扭到了最緊繃的程度。

我跑到蘇活區那棟房子裡，銷毀了所有文件（以確保萬無一失）。然後我出了門，穿過燈火輝煌的街道，帶著同樣分裂的狂喜，對剛犯下的罪行幸災樂禍，昏頭昏腦地規劃著接下來要幹什麼大事，同時加快了腳步，留意著身後是不是有報仇的人追來。海德調藥時嘴裡哼著歌，喝下藥水時還舉杯向死者致意。這時，痛苦和變身還沒有把他撕碎，不一會兒，亨利・傑基爾便帶著感激和悔恨的淚水跪了下來，向上帝舉起緊握的雙手。

自我放縱的面紗從頭到腳徹底被揭開，我看見了自己的這一生——從童年一路而來，從走路時還得牽著父親的手開始，經歷過職業生活中各種自我否定的艱辛，一次又一次，帶著相同的虛幻感，最後來到那該死的恐怖夜晚。我真想大聲尖叫；我流著淚，不斷祈禱，想把記憶中湧向我的那一大堆醜惡的畫面和聲音壓下去；然而，在祈求之間，我那罪惡的醜陋面孔依然凝視著我的靈魂。當這種強烈的悔恨開始減弱，喜悅的感覺便油然而生。我行爲上的問題解決了。從此以後，海德再也不可能出現，不管我願不願意，現在我已經被限制在我存在之中比較好的那部分裡頭了；啊，想到這裡，我真是太高興了！我再次接受了生命中原本的種種限制，無比謙卑，心甘情願！我誠心誠意地棄絕後路，鎖上了那扇我經常出入的門，束縛住的墮落面，便開始咆哮，要我放他出來。我渴望讓海德復活；光是這個想法，就會讓我嚇得發狂。不，是我自己又一次想玩弄我的良知；我這個平凡的祕密罪人，終於倒在誘惑的襲擊之下。

萬物皆有盡時；最大的容器終於盛滿了；這次對我邪惡面的短暫屈從，終於摧毀了我靈魂的平衡。然而我並不驚慌；墮落似乎很自然，就像回到了我發現這一切之前的昔日。這是一月裡晴朗的一天，冰化了，腳下濕漉漉的，頭上卻是萬里無雲；攝政公園裡充滿了冬季的鳥鳴聲和春季的芬芳。我坐在陽光下的長凳上，身體裡的那頭獸津津有味地舔舐著記憶中的獵物血肉；靈性那面有點昏沉，承諾之後會懺悔，但還沒開始行動。

我想著，畢竟，我和我的鄰居沒什麼不一樣；然後我拿自己和其他人相比，拿我積極的善意和他們毫不在意的懶散冷酷相比，我笑了。就在我出現這個虛榮想法的時候，我感到一陣不安，接著是難忍的作嘔和劇烈的顫抖。這些反應過去之後，我有點頭暈。之後，當昏沉的感覺逐漸消退時，我開始意識到自己的思想改變了，變得更大膽，蔑視危險，甩開了責任的束縛。我往下看；發現自己的衣服不成樣子地掛在我乾瘦的四肢上，放在膝上的手布滿突出的筋瘤和毛髮。我又變成愛德華・海德了。片刻之前，我還安然無恙，是個受人尊敬、富有、被愛戴的人——家裡的飯廳還鋪好了桌巾等著我；這一刻，我卻成了所有人的獵物，人人追捕，無家可歸，是個眾所周知的殺人犯，只等著上絞刑架。

我的理智動搖了，但沒有完全喪失。我不止一次觀察到，當我處於第二種性格的時候，我的感官似乎敏銳到極點，精神也變得更靈活機敏；因此，在傑基爾可能已經屈服的時候，海德卻能站出來，意識到那一刻的重要。我的藥在我密室的一個藥櫃裡，我要怎樣才能拿到手呢？這是我目前一心要解決的問題（雙手緊壓太陽穴）。

我已經關上了實驗室的門。要是我想從房子那頭進去，我的僕人們就會把我送上絞刑架。我知道我必須另外雇用一個幫手，於是我想到了蘭尼恩。怎樣才能聯繫到他？又該怎麼說服他？就算我在街上逃脫了追捕，怎麼樣才能見到他的面呢？我這樣一個他根本不認識、又令人討厭的訪客，該怎麼說服這位著名的醫生去翻找他同行傑基爾博士的研究成果呢？這時我想起了我原本的性格，還有一部分留在我身上——我可以寫字；我腦子裡的火花一燃起，該走的路便整條都亮了起來。

於是，我盡可能把身上的衣服整理好，攔下一輛路過的馬車，來到波特蘭街的一家旅館，我碰巧記得那家旅館的名字。看到我的樣子（確實夠滑稽的，不管這身衣服遮蓋了多麼悲慘的事實），車夫忍不住笑。我對他咬牙切齒，爆發了一陣惡魔般的怒火；他臉上的笑容消失了——這對他來說可謂幸運，對我更是，因爲要是他不收斂，下一刻我鐵定會把他從座駕上拉下來。我走進旅館，便一臉陰沉地環顧四周，侍者嚇得發抖；在我面前，他們連交換眼神都不敢，只是畢恭畢敬地聽從我的命令，把我帶到一個私人房間，送來寫東西需要的用具。處於生命危險中的海德，對我來說是個從未見過的生物：他因極度憤怒而發抖，緊繃到要殺人的程度，渴望製造痛苦。然而這傢伙很精明，用巨大的意志力控制了自己的怒火；他寫了兩封重要的信，一封給蘭尼恩，一封給普爾，而且，爲了收到信件寄出的確切證明，他還特別交代要用掛號寄。

信寄出之後，他便整天坐在私人房間的爐火邊啃指甲。他在房裡用餐，獨自一人坐著，心裡充滿了恐懼，他眼前的侍者顯然也在發抖；然後，當夜幕降臨，他坐上一輛出租馬車，整個人縮在緊閉的車廂角落，要車夫駕著車在城市的街道上來回穿梭。他（我不能說這是我），那個地獄之子沒有一點人性，他心裡只有恐懼和仇恨。最後，他覺得車夫開始起疑心，便下了車，套著那身尺寸不合的衣服，成了引人注目的對象，冒險走進夜裡的人群中，恐懼與仇恨這兩股卑劣的激情像暴風雨般在他心中肆虐——他快步走著，整個人被恐懼包圍，不斷自言自語，在人比較少的街上鬼鬼祟祟，數著距離午夜還有幾分鐘。有個女人曾經跟他搭話，我想，是要跟他推銷一盒火柴。他往她臉上甩了一巴掌後，她逃掉了。

當我在蘭尼恩家恢復成自己時，老朋友的驚恐之情，在某種程度上或許也影響了我（我不知道程度有多少，至少當我懷著憎惡的心情回想起那幾個小時的時候，覺得簡直微不足道）。我身上產生了變化，折磨我的不再是對絞刑架的恐懼，而是成爲海德的恐懼。蘭尼恩罵我的時候我彷彿在作夢；我回到自己家，躺在床上的時候，也彷彿在作夢。一整天的勞累下來，我睡著了，睡得很沉很沉，連折磨我的惡夢也沒能驚醒我。到了早上，我在一陣寒顫後醒來，整個人虛弱不堪，卻感覺精神煥發。一想到在及因良心譴責而失眠的狀態之下，唉，我覺得這已經超出了我認為人類所能承受的範圍了，就我個人來說，我成了一個被狂熱吞噬、掏空的生物，身體和精神都極度委靡，只剩下一個想法占據著我，那就是，對另一個自我的恐懼。但是在我睡著，或者藥效消失的時候，我幾乎不會經歷任何過渡期（因為變身的痛苦也一天比一天減緩），就會陷入充滿恐怖景象的幻想中，靈魂裡沸騰著毫無緣由的仇恨，而身體似乎已經不夠強壯，無法承受生命的狂暴能量。

海德的力量似乎隨著傑基爾的日漸病弱而越來越強大。毫無疑問，現在導致他們分裂的仇恨程度是勢均力敵的。對傑基爾來說，這是性命攸關的本能。如今他已經看見這個生物所有的畸形之處，他和他共享某些意識現象，也將和他共同承擔死亡。這些共同聯繫本身就是他的痛中之痛，撇開這些聯繫，儘管海德具有旺盛的生命力，但他認為他不僅可憎，還是個奇，而我更進一步——我一想到他，就覺得噁心發冷，但當我回想起這種依附關係中的絕望和苦難，當我知道他有多怕我用自殺的力量切斷和他的聯繫時，卻發現自己內心很同情他。

我沒有必要再細說下去了，而且時間也緊迫——從來沒有人遭受過這樣的折磨，那就這樣吧；然而，即使是這樣的折磨，也是會習慣的（不，不是減輕，而是一種心靈的麻木，一種絕望的默許）；要不是最後一場災難降臨，我的懲罰可能還要持續好幾年，這場災難終於讓我失去了自己的面孔和本性。

從第一次實驗起，我的鹽類儲備就沒有補充過，現在已經開始不夠了。我派人去弄來一些新貨，好混合藥劑；藥沸騰了，變了一次顏色，但沒有變第二次；我喝了那杯藥，一點用也沒有。你可以從普爾那裡知道，我搜遍了全倫敦，完全無計可施；現在我相信，其實我手上的第一批貨才是不純的，正是這種未知的不純成分，才讓這藥有了效力。

事情已經過去快一星期了，我現在在最後一劑舊藥粉的效力之下寫完了這篇陳述。那麼，在短暫的奇蹟時光中，這就是亨利．傑基爾最後一次能思考自己的想法，或者在鏡子裡看見自己的臉（現在這張臉變得多麼可悲啊！），我不能拖太久而不停筆作結。如果我的陳述至今還沒有被毀掉，是因爲我非常謹愼，再加上難以想像的好運氣。因爲要是我在寫的時候突然被變身的劇痛帶走，海德就會把它撕成碎片；但是，如果在我放好這份陳述後，距離下一回的變身還有一些時間，或許又能得以保全住它，不致遭逢他那猿猴般驚人的自私和霸道惡舉。事實上，我們共同面臨的厄運已經改變並擊垮了他。半個小時後，當我再一次且永遠地進入那個可恨的人格時，我知道，也許我將坐在椅子上戰慄痛哭，也可能繼續帶著最緊張、最可怕的狂喜，在這個房間（我在這人世間最後的避難所）來回踱步，豎起耳朵聽著每一個威脅的聲音。

海德會死在絞刑架上嗎？還是他會在最後一刻鼓起勇氣釋放自己？天知道啊；我不在乎；這是我眞正的死期，接下來的事情都和我無關了。在此，當我放下筆，開始封存我的供詞時，也結束了那個不幸的亨利・傑基爾的一生。

國家圖書館出版品預行編目資料

化身博士 The Strange Case Of Dr. Jekyll And Mr. Hyde／羅伯特・路易斯・史蒂文森（Robert Louis Stevenson）著；王聖棻、魏婉琪譯
——初版——臺中市：好讀，2024.03
面；　公分——（典藏經典；153）

ISBN 978-986-178-706-0（平裝）

873.57　　113001063

好讀出版

填寫線上讀者回函
請掃描 QRCODE

典藏經典 153

化身博士 The Strange Case Of Dr. Jekyll And Mr. Hyde

作　者／羅伯特・路易斯・史蒂文森 Robert Louis Stevenson
譯　者／王聖棻、魏婉琪
總 編 輯／鄧茵茵
文字編輯／簡綺淇
美術編輯／王廷芬

發行所／好讀出版有限公司
407 台中市西屯區工業區 30 路 1 號
407 台中市西屯區大有街 13 號（編輯部）
TEL:04-23157795　FAX:04-23144188　http://howdo.morningstar.com.tw
（如對本書編輯或內容有意見，請來電或上網告訴我們）
法律顧問／陳思成律師

總經銷／知己圖書股份有限公司
106 台北市大安區辛亥路一段 30 號 9 樓
TEL：02-23672044　02-23672047　FAX：02-23635741
407 台中市西屯區工業 30 路 1 號
TEL：04-23595819 FAX：04-23595493

電子信箱／ service@morningstar.com.tw
網路書店／ http://www.morningstar.com.tw
讀者專線／ 04-23595819 # 212
郵政劃撥／ 15060393（戶名：知己圖書股份有限公司）

印刷／上好印刷股份有限公司
初版／西元 2024 年 3 月 1 日
定價／ 280 元
如有破損或裝訂錯誤，請寄回 407 台中市西屯區工業區 30 路 1 號更換（好讀倉儲部收）

Published by How Do Publishing Co., Ltd.
2024 Printed in Taiwan

ISBN 978-986-178-706-0